꽃을 묻다

꽃을 묻다

박성민 엮고 옮김

시와서

차례

1장
꽃 하나에 사르르 물결이 퍼진다

2장

처마 끝에서 살랑거리던 파초 잎도

3장

조용한 봄의 빛에 감싸인 채

은 정취를 가진 작은 별천지가 있었다. 작디작은 별천지. 그런데 그걸 보고 있으면, 그냥 작기만 한 것이 아니다. 한없이 넓고 커다란 세계가 응축되어 있는 그런 작음이었다. 그래서 손끝의 세계는 우리를 한없이 사로잡았다.

항상 그 놀이를 한 것은 아니다. 주로 해 질 무렵에 했다. 나무에 오르거나 풀 위를 뛰놀다가 격렬한 육체적 놀이에 지쳐서, 해 질 녘 푸르스름한 공기의 포근함에 왠지 마음이 녹아들 때쯤 그 놀이를 했다. 아무하고나 그 놀이를 하는 건 아니었다. 그 놀이를 처음부터 좋아하지 않는 친구도 있었다. 여자아이는 대부분 좋아했다.

두 사람만 있으면 된다고 말했지만, 혼자서도 할 수는 있었다. 나는 혼자서도 잘 했다. 혼자서 할 때는 내가 두 사람 역할을 하면 된다. 다시 말해 꽃을 따서 감춰두고, 거기서 좀 멀리 떨어진 집 모퉁이를 한 바퀴 돌고 와서, 눈을 감고 백 개나 이백 개를 헤아린 다음에 찾으러 가는 거다.

하지만 혼자서 할 때는 마음속에 흐르는 쓸쓸함이, 손끝에 닿는 유리의 차가움과, 촉촉한 흙의 향기와, 아름다운 꽃의 색깔에까지 스며들어 더더욱 쓸쓸해졌다.

둘이나 셋이서 그 놀이를 하고 나서는 집에 가기 전에 아름다운 작품 하나를 흙 속에 묻어둔 채 돌아갈 때도 있었다. 그런 날 밤에는 묻어놓은 꽃을 이불 속에서도 가끔씩 떠올리며 잠이 든다.

그럴 때 흙 속의 작은 꽃 한 떨기는 내 마음속의 즐거운 비밀이 되어, 엄마에게도 다른 누구에게도 말하지 않는다. 이튿날 아침에 가서 찾아보면 꽃은 흙의 촉촉함으로 조금도 시들지 않았지만, 환한 아침 햇살 속에서 살짝 빛바랜 듯 보여 그것도 모르고 나는 실망하기도 했다. 전날 밤 묻어둔 꽃을 아이의 변덕스런 마음 때문에 다음 날 아침이 왔는데도 잊어버린 때도 있었다. 그런 꽃은 우리에게 잊혀진 채 흙 속에서 썩어갔을 것이다.

또 우리는 집에 가기 전에, 가지고 놀던 꽃이나 잎을 전부 모아서 진짜로 흙 속에 묻고 그 위를 발로 밟고 온 적도 있었다. 놀이가 끝난 뒤의 이런 마무리는 내 마음에 아름다운 것, 순결한 것을 가져다주었다. 아이이면서 얼마나 애처로운 짓을 했던지.

어느 날 해 질 무렵, 우리는 이 놀이를 하고 있었다. 두부 가게의 린타로, 피륙 공장의 쓰루, 나, 이렇게 세 명이었다. 우리 셋은 동갑이었다. 아키바 씨네 집 등불 아래에서 놀고 있었다.

쓰루는 여자아이라서 그런지 정말로 꽃을 잘 다루어 아름다운 파노라마를 만든다. 쓰루는 그걸 만들어 우리에게 보여주는 걸 좋아했다. 처음에는 린타로와 내가 둘이서 술래가 되어 쓰루가 숨겨놓은 꽃을 찾았다.

나는 쓰루가 만든 꽃 세계의 멋진 모습에 놀랐다. 쓰루는 꽃잎을 하나씩 하나씩 쓰면서 풀잎이나 풀꽃 열매도 예쁘게 곁들였다. 어떤 때는 허리띠 틈새에 끼워둔 작은 복주머니에서 모래알만 한 크기의 구슬을 꺼내 꽃잎 사이사이에 집어넣었다. 마치 꽃밭에 별을 뿌려놓은 것처럼. 나는 쓰루를 좋아했다.

놀이를 하다 보면 저절로 끝이 났는데, 마지막에는 쓰루와 린타로 둘이서 꽃을 감추고 나 혼자 술래가 되었다. "됐어"라는 말을 듣고 나는 찾으러 갔지만, 아무리 찾아도 보이지 않는다. "좀 더 저쪽이야, 더 저쪽" 하고 쓰루가 말하는 쪽으로 가서 더듬어보지만 아무리 해도 보이지 않는다. 린타로는 싱글싱글 웃으며 등불 아래서 몸을 기댄 채 바라본다. 린타로는 쓰루가 꽃을 묻고 있을 때 그냥 보고만 있었던 게 틀림없다. "못 찾겠어" 하고 나는 결국 항복했다. 그러면 생각지도 못한 데서 꽃이 있는 곳을 가리키며 보여줘야 하는데, 쓰루는 그러지 않았다. "그럼 내일 또 찾아봐" 하고 말했다.

나는 너무 아쉬운 마음에 또다시 땅바닥을 기어봤지만 끝내 찾지 못했다. 그리고 그날은 집에 돌아갔다. 이따금 등불 아래 넓지도 않은 땅바닥이 눈앞에 아른거렸다. 그 어딘가에 쓰루가 만든, 이 세상의 것이 아닌 듯한 아름다운 꽃의 파노라마가 있다고 생각했다. 그 꽃과 구슬의 모습이 눈을 감아도 손에 잡힐 듯이 보였다.

아침에 일어나자마자 나는 등불 아래로 가보았다. 그리고 혼자서 쓰루가 감춘 꽃을 찾아보았다. 숨을 할딱이며. 마치 금이라도 찾는 듯이. 하지만 끝내 찾지 못했다.

그리고 그 뒤로도 생각이 날 때마다 그곳에 가서 찾아다녔다. 꽃이 이미 시들어버렸을 거라는 생각은 조금도 하지 않았다. 언제든 눈만 감으면, 쓰루가 감춘 꽃과 구슬이 싱그러운 아름다움으로 희미한 불빛 속에 떠올랐다. 다른 사람이 찾아버리면 안 되니까 나는 혼자 있을 때면 꼭 그곳에 가서 찾아 헤맸다.

같이 놀 친구가 없어 외로울 때면, 등불 아래에 쓰루가 감춘 꽃이 있다는 생각을 하면 힘이 솟았다. 그곳에 달려가 꽃을 찾아 헤매는 동안의 희망은 그 무엇과도 바꿀 수가 없었다. 아무리 찾아도 찾을 수 없는 안타까움이야 말할 것도 없었고.

그러던 어느 날, 나는 린타로에게 들키고 말았다. 내가 그 등불 아래를 구석구석 찾아 헤매고 있는데, 언제 왔는지 린타로가 등불 밑 섬돌에 기댄 채 옥수수를 먹고 있었

는데, 꽤나 근사한 문장이다. —— 나는 대체로 한밤중을 작업 시간으로 정해놓고 있다. 다들 잠들어 고요한 집 한 구석에서 나의 펜 소리에만 귀 기울이고 있으면 왠지 쓸쓸해지곤 하는데, 너무 늙은이 같다는 기분이 들기도 한다. 잉크 자국 같은 게 손가락에 번지면, 묘하게 초조해져서 펜이 나아가지 않을 때도 있다.

나는 한여름을 그다지 좋아하지 않지만, 한여름 밤의 등불은 아름다운 풍경이어서 좋아한다.

오랫동안 전깃불을 썼는데, 1년쯤 파리에 살면서 램프라는 것을 처음으로 써보았다. 램프의 불빛은 계절이 물씬 느껴져, 나 같은 변덕쟁이에게도 날마다 밤이 찾아오는 것이 큰 즐거움이었다. 그래서 일본에 돌아와서도 시골에서 구해온 홍록색의 종이 등갓이 달린 고풍스러운 램프를 책상 위에 놓고, 그 불빛 아래서 사각사각 펜을 움직이고 있는데, 이것이 너무도 내 마음을 달래준다.

나는 생각한다. 여름밤에는 차가운 옛 우물이 있고, 복숭아나무의 무성한 잎이 있으며, 창가에는 램프를 놓아둔 소박한 은신처 한 채를 갖고 싶다는 공상이다. 그런데 여름밤을 좋아해서인지 펜을 움직이기도 지치면, 지금의 푸석푸석한 방 안을 둘러보다가 문득 쓸쓸해진다.

“나, 어스레한 라일락꽃 가까이, 부드러운 상수리나무

그늘로 가니, 보아라, 어찌 거부할 수 있으리, 하고 나의 영혼이 속삭이는 듯하네."*

아아, 그런 집의 방에서 이렇게 노아이유 부인처럼 아름다운 문장을 쓰고 싶다.

맑은 문장이란 문화생활을 한다고 쓸 수 있는 건 아닐 것이다.

—— 깊은 여름밤 작업에 지치면, 나는 고독한 나의 그림자와 소용돌이 모양의 모깃불 연기를 쓸쓸히 바라보면서, 이런저런 나만의 노래를 부른다. "산속에 틀어박히고 싶네"라고 부르기도 하고, "밤의 나뭇잎이 바람을 맞는 소리가 좋구나" 하며 마치 어린애처럼 엉터리 같은 노래도 부른다.

노래하는 것도 지쳐 책상 위 램프를 바라보니, 램프가 만든 둥그런 빛이 촉촉한 흙처럼 아름답다. 대문은 굳게 닫혀 있다. 다들 곤히 잠들어 있다. 이 집 안에서 오직 이곳만이 고요하고 서늘한 은신처가 아닐까.

나는 펜을 내려놓고 눈을 감는다. 램프의 심지가 지지지직…… 하고 타는 소리가 난다.

창문을 열어본다. 새벽이 다가오자, 작은 새들이 벌써부

* 《산호집》에 실린 산문시 〈로맨틱한 저녁〉 중의 한 구절.

터 일어날 채비를 하고 서재 처마 밑에서 피리리 피리리 수다를 떨고 있다. 내 방 창문 아래는 이웃집의 커다란 아카시아 나무가 가지를 뻗고 있다. 비가 오면 밤새 추적추적 젖어 있는데, 혼자만 깨어 일하고 있는 나를 닮았다는 생각이 들어, 램프를 창가로 가져가 비에 젖은 밤의 나무를 들여다보기도 한다. 너무 마음이 여리다는 생각도 들지만.

이 여림과 정열은 매우 가치가 있다.

"아아, 나 오늘 밤, 내 어깨에 기대어오는 젊은 남자의 가슴을 탐하네. 로맨틱한 버드나무 그늘보다 더한 내 마음의 울적한 피로를, 그 사람은 들이마셔야 한다네."*

나는 또다시 노아이유 부인의 말을 빌린다.

말로 표현할 수 없는 여성스러움이다. 말로 표현할 수 없는 사랑스러운 여자의 노래이리라. 사랑이란 것이 이렇게 기품 있게 표현된 여자의 시를 나는 그다지 알지 못한다.

'서늘한 은신처'라는 말이 갖는 드넓은 심정이 부럽기도 하고, 노아이유 부인의 열정이 사랑스럽다는 생각도 들지만, 나에게는 서늘한 은신처도 결국 공상으로 끝나버릴

* 〈로맨틱한 저녁〉 중의 한 구절.

것 같다.

복숭아나무의 무성한 잎이 있고, 차가운 옛 우물이 있다. 나는 여름의 뜨거운 밤마다 마치 아이처럼 그 서늘함을 생각한다.

이런 생각이 드는 건 아마도 홀로 사는 생활에 대한 동경 때문이겠지만, 어쩌면 이런 서늘함을 쫓고 있는 동안이 행복한 때인지도 모른다.

여러 가족 틈에 끼어서, 분에 넘치는 말도 하지 않고, 번거롭고 여유 없는 생활을 하고 있지만, 마음속에서만큼은 멍하게 있을 수 있는 서늘한 은신처를 만들어 구름처럼 꽤 태연한 기분으로 지낼 수 있다. 가난하면서도 글을 써서 생계를 이어가는 사람이 부리는 마음의 사치는 이런 정도일 것이다.

촌스럽기는 해도 내 책상 위의 램프는 주인의 이런저런 생각들에 잠시나마 강물 같은 빛을 보내준다.

…… 하지만, 지금은, 서늘한 은신처는 어디에나 있다는 느긋한 마음이 점점 단단해지고 있는 것 같기도 하다.

(1934년)

가 노래 부르는 소리가 들려온다.

그러는 사이, 비가 보슬보슬 내리기 시작했다. 그러다 또 그쳤다.

봄 구름이 달을 품어 밤은 희부옇고, 벚꽃은 담담히 떨어질 테지. 개구리 울음소리가 부쩍 조용해졌다.

(1933년)

도쿠토미 로카(徳冨蘆花) 1868~1927

소설가. 베스트셀러 장편 소설 《불여귀》로 작가로서의 위치를 확립했다. 수필집 《자연과 인생》, 소설 《추억》, 《흑조》 등의 작품을 남겼다. 톨스토이에 심취하여 러시아에 가서 그를 만나기도 했다. 톨스토이의 삶에 영향을 받아 귀국한 뒤에는 도쿄 교외의 지토세 마을로 이사해 반농 생활을 하면서 구도적인 삶을 보냈다.
기독교 세례를 받고 아내 아이코와 함께 1918부터 예루살렘 순례를 비롯해 세계 일주 여행을 했는데, 그때의 경험을 담은 《일본에서 일본으로》를 아내와 공저로 발표했다.

놓고 마실 수 없을 만큼 자연은 휴전의 숨을 돌릴 틈도 주지 않는다.

"풀들이 쳐들어와요" 하고 농부들이 자주 말한다. 인간이 풀을 무찌르지 않으면 안 될 만큼, 풀이 인간을 공격해 오는 것이다.

겨우 6백 평 남짓한 밭을 가진 미적(美的) 농부*라도 여름과 가을에는 풀들의 거센 공격을 받는다. 눈 뜨자마자 세수도 하지 않고 이슬방울을 흩날리며 풀을 뽑는다. 해가 뉘엿뉘엿 넘어가는 해거름에 뽑는다. 그래도 다 뽑지 못해 한낮에도 뽑는다. 겨우 말끔해졌나 싶었는데, 어느새 한구석에 또 자라 있다. 풀과 벌레만 없다면 전원의 여름은 얼마나 좋을까, 하고 투덜대기도 한다. 도대체 풀 같은 쓸데없는 건 뭐에다 쓰는 걸까. 어째서 인간이 풀 뽑기 기계가 되지 않으면 안 되는 건가. 풀 뽑기는 바보 같은 짓이다. 그냥 내버려두고 풀과 농작물이 서로 경쟁하게 두면, 전멸하지는 않을 테니까 살아남은 것만 우리가 취하면 되는 것이다. 말은 이렇게 하지만 실제로 눈앞에서 풀이 제멋대로 날뛰는 걸 보면, 뽑지 않고는 있을 수가 없다. 이웃집 밭이 말끔한 걸 보면, 우리 밭의 풀씨가 이웃집에

* 도쿠토미 로카는 스스로를 '미적 농부'라고 불렀다. 자신의 주된 일은 글쓰기로, 농사일은 취미로 하는 사람이라는 의미다.

날아가기라도 할까 봐 걱정이다. 이웃집에 대한 민폐도 생각해야 한다.

그래서 또다시 힘을 내서 풀을 뽑는다. 한 포기, 또 한 포기. 한 포기 뽑으면 한 포기가 줄어든다. 풀의 씨는 끝이 없지만, 뽑은 만큼은 풀이 줄어든다. 손으로는 밭의 풀을 뽑으면서, 마음으로는 마음 밭의 풀을 뽑는다. 마음이 밭인지, 밭이 마음인지, 어쨌든 풀은 금방 자란다. 방심하면 밭은 풀투성이가 된다. 우리의 마음도 풀투성이가 된다. 사방의 사회도 풀투성이가 된다. 우리는 세상의 풀씨를 전부 없앨 수는 없다. 또한 전부 없애는 것이 우리 인간의 행복은 아닐지도 모른다. 하지만 내버려두면 우리는 풀에 파묻혀버린다. 그래서 풀을 뽑는다. 우리를 위해서 풀을 뽑는 것이다. 생명을 위해서 풀을 뽑는 것이다. 적국의 우환이 없으면 나라가 망하고, 풀이 없으면 농가는 타락해버린다.

"네가 내 말을 듣지 않고 금지된 과일을 먹었기에, 땅은 너로 인해 저주를 받았다. 땅은 너를 위해 가시덤불과 엉겅퀴를 자라게 할 것이다. 너는 이마에 땀을 흘리고 괴로워하며 너의 빵을 먹을 것이다."

이렇게 구약성서는 풀을 인간의 벌이라고 보았다. 하지만 사실 그 벌은 인간을 향한 깊고 따뜻한 축복이다.

운 잿빛 구름 아래 대나무가 술렁인다.

이런 날씨에 혼자서, 깊은 오솔길만 나 있는 근처 대나무 숲을 지날 때면 얼마나 마음이 어지러워지는지. 휘잉 하고 바람이 불어온다. 높이가 서른 자나 되는 죽순대 덤불이 한꺼번에 나부낀다. 가느다란 잎을 정신없이 쥐어뜯으며 서로 뒤엉킨다. 초록의 성난 파도처럼 사방에서 으르릉대고 소용돌이치는 건 어쩔 수 없다 하더라도, 이상하게 가슴이 쿵쿵거리는 건, 대나무는 얌전하면서도 그 소란함이 너무나 동적이기 때문이다. 비에 젖은 무성한 대나무가, 우거진 큰 손, 흐트러진 머리칼, 마지막에는 눈까지 빛을 내며 사납게 날뛰는 것만 같다.

큰 대나무숲 한가운데서 폭풍우를 만난 인간은 지금 자신이 있는 곳 바깥에서도 똑같은 변화가 일어나고 있다고는 도저히 믿기지 않는다. 위를 쳐다보면 — 새파랗고 요란스런 동요. 옆을 돌아보면 — 나무줄기를 어지럽히며 미친 듯이 날뛰는 모양. 이게 도대체 그냥 비바람일까? 이 안에 갇힌 한 생물인 자신에게 뭔가 꿍꿍이를 벌이고 아우성치고 술렁이던 대나무들이 "이 대숲을 나가기 전에, 나가기 전에!" 하고 바짝 쫓아오는 듯한 무시무시함을 경험할 것이 틀림없다.

하늘이 거칠어지고, 기분 나쁜 바람이 부스럭부스럭 나

뭇잎을 울리기 시작하면, 내 안의 미개하고 원시적인 무언가가 불가항력적으로 일어난다. 가만히 책상 앞에 앉아서 모른 척하고 있을 수가 없다. 나는 어김없이 우듬지가 보이는 곳까지 나가, 창을 열고 바람을 맞으면서 유쾌한 놀라움과 두려움을 열심히 들이마시려고 한다. 오늘도 툇마루 유리문 너머로 눈을 가늘게 뜨고 바깥 세계의 어지러움을 바라보고 있는데, 문득 어린 시절의 일이 떠올랐다.

*

아이는 늘 신기한 것을 좋아한다. 화창한 날이 이어지다가 어느 날 눈을 뜨고 비가 오는 걸 알면 그게 얼마나 신기하고 기쁘고 근사한지!

"와아, 비 온다!"

진심으로 외칠 때의 그 가슴 두근거리는 흥분을 나는 지금도 선명히 떠올릴 수 있다. 그런데 어린 시절 비가 오면 온 집안이 어쩌면 그리도 어둑어둑했던지. 방 안에서 방석을 서로 부딪히며 소란을 피운다. 어쩔 땐 좀 얌전한 아이처럼 조용히 기차놀이도 한다. 놀이는 여느 때와 똑같은데도 어쩐지 방 안 구석구석이 어둡고 사물의 그림자가 깊어 모습이 달라 보인다. 왠지 다른 그 느낌이 어린 아이의 감정을 한없이 사로잡는다. 살짝 무섭기까지 하다. 진기한 것에는 늘 조금은 무서운 데도 있는 법이다. —— 그것을 아이는 잘 알고 있다. 그 느낌을 좀 더 강하게 즐기려고 나는 책상이며 병풍을 꺼내와서는 어두컴컴한 구석에 더한층 어두운 울타리를 만들었다. 빈틈없이 둘러싸고 한쪽 면만 좁게 열어둔다. 그곳이 동굴의 출입구다. 나는 엄마이고 어린 아들과 함께 그 안에 숨어 있다. 뭐가 있는데? —— 쉿! 그렇게 큰 소리를 내면 안 돼, 이 산에는 호랑이가 있어. 호랑이가 듣는단 말이야. 거 봐, 벌써 울음소리가 나잖아. 동굴 입구까지 왔어. 어흥, 어흥, 먹음직스런 꼬마를 좁은 입구 탓에 잡아먹지 못해 화가 난 녀석은 마구 울부짖고 냄새를 맡으며 맴돈다. 나는 점점 몰입해, 안고 있는 동생에게 "괜찮아, 괜찮아" 하고 속삭인다. 포동포동 살찐 또 다른 남동생은 뒤집어쓴 옷자락 밑에서 네 발로 기면서 자기가 진짜로 호랑이라도 된 듯한 위력에 기분 좋게 취한다.

그 놀이를 하던 방은 한쪽 끝이 마룻바닥으로 되어 있었다. 석 자 폭의 낮은 창이 열려 있다. 긴 나무화로가 벽에 붙어 있지만, 어린 아이 셋이 놀기에는 충분히 넉넉하다. 감꽃이 떨어질 무렵이다. 비가 자주 내렸던 것 같다. 너무 자주 내리면 아이들의 마음에도 축축함이 스며든다. 멍하니 격자문에 뺨을 갖다 댄 채, 빗물에 떠다니는 감꽃을 바라본다. 비가 하염없이 내리고, 항아리 모양의 감꽃 여러 송이가 하염없이 떠다니면, 아이들도 하염없이 그걸 바라본다. 바람이 팔랑팔랑 빗물을 잎사귀에 흩뿌린다. 얕은 연못 같은 수면 위에 하나, 둘, 차례차례 감꽃이 흘러넘친다. 꽃 하나에 사르르 물결이 퍼진다. 이쪽 꽃에도 사르르. 두 개의 물결이 살짝 스치며 서로 합치더니 전보다 더 크게 퍼져간다. 물의 팽이, 소리 나지 않는 팽이. 골똘히 바라보는 아이의 마음은 사로잡히고, 물결과 함께 아련히 퍼져간다. 어디론가 알지 못하는 곳으로 기분 좋게 퍼지면서 가버린다. —— 물도 아이도 어디로 퍼져가는지, 뭘 위해 퍼져가는지 알지 못한다. 아이는 그대로 어느새 잠이 든다.

*

창이 있는 그 방과 부엌 쪽은 — 손님방과 현관을 합쳐 — 별채였다. 두 개의 별채는 복도로 이어져 있다. 그 사이에는 직사각형의 빈터가 있었다. 그 빈터는 집집마다 초

가지붕을 얹었을 시절에나 있는 종류의 빈 땅이었다. 삼면이 판자로 가로막혀 있고 한쪽만 뒤뜰로 이어져 있다. 뒤뜰과 밭에는 나무문과 대나무 울타리가 쳐져 있다.

그 시절, 우리 집에는 나무가 많아서 시골스러웠다. 손님방이 있는 뜰에는 소나무와 매화나무, 아름다운 마취목, 비자나무, 속새 따위가 무성하고, 징검돌이 놓인 곳에는 풀고사리가 자라고 있었다. 아이들이 노는 방 앞에는 반쯤 파묻힌 큰 돌, 그 돌을 감추려는 듯 이삭을 내민 참억새, 장수하늘소를 쫓아내느라 진흙을 으깬 것 같은 약이 자주 묻어 있던 단풍나무 여럿, 동백나무 몇 그루, 또 산벚나무, 벽오동이 왕처럼 서 있다. 밭에도 부엌 옆에도 나무가 없는 곳은 한 군데도 없었다. 나무가 자라지 않으면 어김없이 푸른 풀들이 땅을 덮고 있다. 그런데 딱 한 군데, 잡초도 자라지 않고 나무도 없이 땅바닥이 드러난 곳이 있었다. 조금 전에 말한, 삼면이 판자로 가로막힌 빈 터다. 휑하니 쓸쓸한 땅바닥이 아이의 마음을 세차게 움직였다. 어째서 여기만 이렇게 아무것도 없을까. ―― 어느 날, 아이는 싹이 튼 푸른 차조기가 분명한 풀을 밭에서 열두 줄기 뽑아 왔다. 그리고 그 빈터 한가운데를 골라 구멍 열두 개를 팠다. 열두 개의 구멍이 같은 간격으로 나란히 세로 세 개, 가로 네 개가 되도록 얼마나 열심히 대나무 막대로 진흙을 파냈던지! 뿌리가 들어갈 만한 크기로 구멍이 만들어지자, 푸른 차조기가 틀림없는 나무를 하나씩 심는다. 자, 이제 꽃밭이 만들어졌어. —— 우쭐대는 건 아이만이 아니었다. 모두에게 잊혀졌던 빈터도, 꽃도 피지 않는 비실비실한 꽃밭을 선물받고 기뻐하는 것만 같았다.

그런데 이틀쯤 뒤 비가 왔다. 세찬 비다. 보고 있는데, 소중한 빈터 꽃밭의 차조기가 철썩철썩 빗줄기를 맞고 휘청거린다. 그뿐인가. 빠져나갈 곳 없는 빗물이 세차게 물결을 그리다가 끝내 빈터를 온통 연못처럼 만들어버렸다. 소복이 높게 쌓아올린, 차조기 뿌리 쪽의 흙조차 조금씩 흘러내리고, 당장에라도 쓰러질 듯 휘어진 것마저 생겼다.

나는 작은 우산을 들고 맨발로 찰박찰박 물 위를 걸어 꽃밭에 가보았다. 보수공사가 절실했다. 나는 고심하다가 적당한 돌멩이를 한아름 주워왔다. 우산은 일찌감치 내팽개치고, 흙이 떠내려가는 걸 막으려고 뿌리 둘레를 하나하나 돌멩이로 에워쌌다. 하지만 넓은 땅 위의 비정한 물은 순식간에 돌멩이 위로 차올랐다. 돌멩이도 뿌리도 물에 잠겼다. 이파리는 점점 더 슬프게 떨고 있다. 걱정으로 가슴이 터질 것만 같은 아이는 두 손으로 우산 손잡이를 잡고 애처로운 그들 위로 우산을 씌워주었다. 하염없이 우산을 때리며 내리는 빗소리, 자신이 흠뻑 젖어가는 기분, 방 안에서 어린 동생이 쿵쿵 뛰어다니는 어렴풋한 소리. 자신도 풀 한 포기처럼 와들와들 떨면서도 그것들을 듣고 느끼면서 아이는 오래오래 서 있었다.

(1926년)

미야모토 유리코 (宮本百合子) 1899~1951

소설가, 평론가. 17세에 《가난한 사람들의 무리》로 문단에 등단하면서 천재 소녀 작가로 주목을 받았다. 미국 유학 때 만난 남편과의 이혼을 그린 자전적 소설 《노부코》는 근대 일본 문학의 걸작으로 평가받는다. 러시아로 유학을 갔다 온 후, 민주주의 문학 운동에 앞장서며 여러 차례 투옥되기도 했다. 일본의 민주주의 문학, 근대 여성 문학을 대표하는 작가 중 한 사람이다.

풀종다리

고이즈미 야구모

한 치의 벌레에게도 닷 푼의 영혼이 있다.

—— 일본 속담

그 바구니는 높이가 딱 두 치이고 폭은 한 치 닷 푼이다. 축으로 돌아가는 작은 나무문은 내 새끼손가락 끝이 겨우 들어갈 정도이다. 하지만 녀석에게는 이 바구니 안이 충분히 넓다. 걷거나 폴짝 뛰거나 날아다닐 만큼의 여유가 있는 것이다. 그러니까 녀석을 한번 보려면 갈색 비단을 바른 바구니의 옆면에서 아주 찬찬히 들여다보아야 할 정도로 녀석이 작다는 말이다. 녀석이 있는 곳을 찾을 때까지 충분히 환한 데서 바구니를 몇 번이나 빙글빙글 돌리면서 봐야 한다. 그러면 언제나 위쪽 한구석 — 비단을 바른 천장 — 에 거꾸로 매달린 채 찰싹 달라붙어 가만히 있는 게 보인다.

자기 몸통보다 훨씬 길고, 빛에 비춰야 겨우 보일락 말락 한 가느다란 더듬이 한 쌍이 달린, 모기만 한 크기의 귀뚜라미가 있다고 상상해보라. 풀종다리, 이게 바로 그 녀석의 이름이다. 그는 시장에서 정말로 12전에 팔린다. 다시 말해 자신의 무게만 한 황금보다 훨씬 비싸다. 이런 모기 같은 것이 12전이라니! ……

매일 아침 넣어줘야 하는 싱싱한 가지나 오이 조각을 먹을 때 말고는 낮 동안은 잠을 자거나 명상을 한다. …… 깨끗이 치워주고 먹이를 넉넉히 주면서 키워야 하는 게 조금은 번거롭다. 여러분이 그 녀석을 본다면, 이런 어처구니없이 작은 생물을 위해 조금이라도 애를 쓰는 게 바보 같다고 생각할지도 모른다.

하지만 해가 저물면 한없이 작은 그의 영혼은 어김없이 눈을 뜬다. 그러면 형언할 수 없이 아름답고 미묘한 영적인 소리 — 아주 작은 종소리 같은, 희미한 은방울이 리리리링 하고 떨리는 듯한 소리 — 가 방 안 가득 울려 퍼지기 시작한다. 어둠이 깊어지면 그 소리는 더더욱 아름다워지고, 때로는 마치 온 집 안이 요정의 노랫소리에 흔들리듯이 높게, 때로는 상상도 못 할 만큼 가느다란 실낱처럼 가냘프게 울린다. 그 소리는 높을 때든 낮을 때든 마음속으로 스며드는 듯한 신비로운 음색이다. …… 이 작은 생물은 밤새도록 이렇게 노래하다가, 절의 종소리가 새벽녘을 알릴 즈음에야 겨우 울음을 멈춘다.

이 작은 노랫소리는 사랑의 노래다. 본 적도 없고 알지도 못하는 것을 향한 막연한 사랑의 노래다. 녀석은 이 세상을 살아가는 동안 아무것도 보지도, 알지도 못했을 것이다. 오래전 녀석의 조상들조차 들판의 밤 생활도, 사랑노래의 가치도 알았을 리가 없다. 그들은 벌레 장수의 항아리 안에서 알을 깨고 태어났고, 그 뒤로는 내내 바구니 안에서만 살아온 것이다. 하지만 녀석은 수만 년도 더 전에 노래했던 것처럼, 노래 한 구절 한 구절의 의미를 분명히 알고 있기라도 한다는 듯, 한 치의 틀림도 없이 조상들의 노래를 부른다. 말할 것도 없이, 그건 배워서 부르는 노래가 아니었다. 그것은 유기적 기억의 노래, 다시 말해 그들의 영혼이 밤마다 이슬 젖은 풀숲 그늘에서 소리 높여 울던 시절에 부르던 노래, 수천수만 년 생애의 깊고 어렴풋한 기억의 노래다. 그때 그 노래는 사랑을, 그리고 죽음을 그에게 안겨주었다. 녀석은 지금 죽음에 대해서는 완전히 잊었지만, 사랑만큼은 기억하고 있다. 그래서 녀석은 결코 찾아오지 않을 신부를 꿈꾸며 지금, 노래 부르는 것이다.

그렇기에 녀석의 연모는 무의식적인 회상이다. 오래전의 진흙더미를 향해 소리치고 있는 것이다. 때가 오기를 바라며 침묵과 신에게 말을 걸고 있는 것이다. …… 인간 세상의 연인들 역시 자신도 모르게 이와 똑같은 행동을 한다. 그들은 그런 자신들의 착각을 이상(理想)이라고 부른다. 하지만 결국 그들의 이상이란 그저 그들 종족이 경험한 그림자이고, 유기적 기억의 환상이다. 살아 있는 현재는 그것과는 거의 아무 관계가 없다. …… 아마 이 작은 생물도 이상을 가지고 있을 테고, 아니면 적어도 이상의 흔적은 가지고 있을 것이다. 하지만 어쨌든 그 작은 희망은 그 슬픈 구애를 허무하게 노래하지 않을 수 없다.

그러나 그것은 결코 내 잘못만은 아니다. 짝을 찾아주면 녀석은 더 이상 노래하지 않게 되고, 그러다 바로 죽어버린다는 경고를 들었기 때문이다. 하지만 밤마다 어떤 대답도 듣지 못하는 아름다운 구애의 노랫소리는 날 원망이라도 하듯 내 마음을 때렸다. —— 결국 그것은 강박관념이 되고, 고통의 씨가 되고, 내 양심의 가책이 되었다.

나는 짝을 구해주려고 했다. 하지만 계절이 바뀌고, 암컷이든 수컷이든 풀종다리를 파는 가게는 하나도 없었다. 벌레 장수는 웃으며 "9월 20일쯤에 벌써 죽었을 텐데요" 하고 말했다. (그때는 이미 10월 2일이었다.) 벌레 장수는 내 서재에 멋진 난로가 있어 온도가 언제나 24도를 웃돈다는 사실을 몰랐던 것이다. 나의 풀종다리는 11월 말이 되어도 여전히 울었고, 나는 대한(大寒)까지는 살리고 싶었다. 하지만 녀석의 다른 동료들은 아마 죽었을 테다. 무슨 수를 쓴다 해도 나는 지금 녀석에게 짝을 구해줄 수는 없다. 녀석이 스스로 짝을 찾도록 풀어준다고 한들, 뜰에 사는 개미나 지네, 무서운 거미 같은 수많은 자연의 적을 상대로 낮 동안은 용케 살아남는다 해도, 아마 하룻밤도 넘기지 못하고 죽어버릴 것이다.

어젯밤 11월 29일, 책상 앞에 앉아 있는데 이상하게 방 안의 텅 빈 느낌이 나를 덮쳤다. 나는 풀종다리가 여느 때와 달리 잠잠하다는 걸 깨달았다. 쥐 죽은 듯 조용한 바구니 쪽으로 다가가서 보니, 녀석이 바싹 마르고 딱딱한 잿빛 돌멩이처럼 변해, 가지 부스러기 옆에서 죽어 있었다. 분명 사나흘 동안 먹이를 먹지 못한 것이다. 하지만 바로 전날 밤에도 아름다운 소리로 노래했고, 그래서 나는 어리석게도 녀석이 여느 때처럼 기분이 좋구나 하고 생각했다. 벌레를 좋아하는 아키라는 서생이 항상 그에게 먹이를 주었다. 그런데 마침 아키가 일주일쯤 휴가를 얻어 고향으로 내려가게 되어, 하나라는 하녀에게 풀종다리를 돌보게 했다. 하나는 동정심이 많은 성격이 아니었다. 이 작은 생물을 잊어버리지는 않았지만, 가지가 없었다고 한다. 하지만 그 대신에 파나 오이 조각을 줄 생각은 못 한 것이다. …… 나는 하나를 야단쳤고, 그녀는 공손하게 뉘우쳤다. 하지만 이제 요정의 음악 소리는 멈춰버리고 말았다. 적막함이 내 마음을 괴롭힌다. 난로가 있는데도 방 안은 싸늘하다.

바보같이! …… 보리 낟알 반쯤만 한 벌레 때문에 나는 선량한 소녀의 마음을 아프게 했다! …… 그 한없이 작은 생의 소멸이 믿을 수 없을 만큼 내 마음을 힘들게 한다. …… 어떤 생물, 예를 들면 귀뚜라미 한 마리라도 그의 욕구에 대해 생각하는 습관은 나도 모르는 사이에 어떤 상상에 빠지게 한다. 그리고 그것은, 관계가 끊어지고 나서야 비로소 깨닫는 일종의 애착을 낳는지도 모른다. 또 나는 밤의 고요함 속에서 풀종다리의 미묘한 울음소리의 매력을 온몸으로 느꼈다. 그 울음소리는, 그 짧은 생이 마치 신의 은총에 기대듯 내 의지와 이기적인 즐거움에 기대고 있다고, 또 그 작은 바구니 안의 티끌만 한 영혼과 내 몸속의 티끌만 한 영혼이 망망대해에서 영원히 하나라고 노래하고 있었다. …… 녀석의 수호신인 내가 단꿈을 꾸고 있는 동안, 밤새도록 아무것도 먹지도 마시지도 못하고 있던 이 작은 생물을 생각하면……. 아아, 그럼에도 불구하고 녀석은 마지막까지 얼마나 씩씩하게 노래를 불렀던가! —— 게다가 녀석의 마지막은 너무나 비참했다. 녀석은 자신의 다리를 갉아 먹고 있었던 것이다. 신이여, 우리 모두를, 그중에서도 하녀 하나를 용서해주시기를!

그렇지만 굶주림 때문에 자신의 다리를 갉아 먹는 것은, 타고난 목소리의 저주를 받은 자에게 일어날 수 있는 최악의 불행은 아니다. 이 세상에는 노래하기 위해 자신의 심장을 먹어야만 하는 인간 귀뚜라미도 있는 것이다.

(1902년)

고이즈미 야구모 (小泉八雲) 1850~1904

소설가, 수필가, 여행 작가. 본명은 라프카디오 헌이다. 그리스 태생의 영국인으로 일본에 귀화했다. 도쿄제국대학과 와세다대학 등에서 영문학을 가르치는 한편, 서양에 일본 문화를 소개하는 책을 많이 썼다.
일본의 풍토와 일본인의 모습을 잘 그린 《알려지지 않은 일본 모습》, 《마음》을 비롯해, 일본 각지의 전설을 취재하여 쓴 소설 《괴담》 등의 작품을 써서 일본 문화를 해외에 소개했다.
이 글의 저본은 고이즈미의 영문 원본을 그의 제자 오오타니 마사노부와 다나베 류지가 공역한 것이다.

벌레 소리

나가이 가후

도쿄의 마을에서 태어나, 수십 년이라는 긴 세월을 이곳에서 보냈다…….

오늘날까지 하루하루를 살면서 아무런 신기함도 그리움도 느껴본 적 없던 사물의 소리나 색이, 세월이 흐르면서 하나둘씩 사라져 이제 다시는 볼 수도, 들을 수도 없게 됐구나, 하고 분명히 의식하게 되는 때가 온다. 그러면 그제야 비로소, 끝없는 정서가 솟아오른다. 이별 후에 옛사랑을 다시 떠올리는 것 같은 기분이다.

깊어가는 여름밤에 널다리를 밟는 나막신 소리. 기름종이를 바른 우산 위에 빗방울이 똑똑 떨어지는 소리. 저녁달을 스치며 지나가는 기러기의 울음소리. 여름밤 꿈속에서 문득 들려오는 두견새 소리. 비 오는 저녁, 나루터에서 배를 부르는 사람의 소리. 밤에 그물을 던지는 물소리. 거룻배의 키 소리. 그런 소리들, 그리고 그 소리들과 함께 어우러지는 정경이 우리의 기억 속에서 흔적도 없이 사라진 지 이미 수십 년은 지났을 것이다.

계절이 바뀔 때마다 그 계절에 필요한 물건을 팔러 오는 봇짐장수의 목소리가 도쿄라는 이 도시의 생활에 고유의 정취를 자아내게 한 것도, 이제는 나이 든 사람들의 이야깃거리 속에나 남아 있을 뿐이다.

시대는 흘러가고 사상은 뒤바뀌고 풍속은 변해버린 오늘날, 도시에서 태어나 도시에서 늙어가는 이들이 이제부터 죽음에 이르기까지, 옛날부터 변하지 않은 정취를 느낄 수 있는 것을 찾는다면 과연 무엇을 찾을 수 있을까.

나무가 많은 교외의 정원에도 이제는 아주 드물게 꾀꼬리가 찾아와 운다. 참새가 처마 밑에서 지저귀는 소리가 시끄럽게 여겨지는 날들도 하루하루 사라지는 건 아닐까. 나는 무엇 때문에 갑자기 이런 글을 쓰기 시작했을까. 절의 종소리조차 이삼 년 전부터 들리지 않게 된 걸 문득 떠올리고는, 나는 한 해 한 해가 갈수록 더더욱 절절히 매미와 귀뚜라미가 뜰에서 울기를 애타게 기다리게 되었다. —— 왜 애타게 기다리게 되었을까, 나는 그 이유를 여기서 말하고 싶은 것이다. 쇼와 시대*도 해를 거듭해 벌써 18년이 지난 오늘, 도쿄에서 옛날부터 변함없이 그리운 소리를 우리의 귀에 전해주는 건 "오시이츠쿠 오시이츠쿠" 하고 우는 귀뚜라미의 울음소리뿐일 것이다. 매미도 귀뚜라미도 어쩌면 기러기나 두견새처럼 이제 머지않아 옛 시대의 유물이 되어버릴지도 모른다.

어느 해인가, 아사쿠사 공원의 어느 극장에서 연극 연습으로 밤을 새우고 집으로 돌아가는 길에, 전날 밤과 다름없는 적막한 상점가를 걷다가, 돌길을 밟는 발소리조차 묻혀버릴 만큼 온 사방에서 울어대는 귀뚜라미 소리를 듣고 마치 길바닥에 떨어진 보석을 줍는 것보다 더 기뻤던 적이 있다. 그것도 벌써 칠팔 년 전의 옛날이다.

매년 도쿄에 가을이 찾아오는 때는 8월 7, 8일 무렵이다. 올해도 드디어 가을이 왔구나 싶으면, 그때부터 나는 습관처럼 밤마다, 오늘일까 내일일까, 하고 귀뚜라미의 첫 울음소리를 기다린다. 하지만 지금까지의 내 경험으로는, 귀뚜라미 소리가 사람의 귀에 닿기까지는, 해 질 녘 나뭇가지 끝에서 첫 울음소리가 난 뒤로 늦으면 열흘이나 보름쯤은 기다려야 한다. "오시이츠쿠 오시이츠쿠" 하는 울

* 1926~1989년까지의 일본 연호.

음소리도 처음에는 그다지 불안하지도, 그다지 성마르지도 않다. 저편 가지 끝에서 한번 짧게 울고 가만히 있으면, 조금 있다 이쪽 가지 끝에서 낌새라도 살피는 듯, 인사라도 하는 듯, 매미가 천천히 운다.

이때쯤은 가을이 왔다고는 하지만, 여전히 석양의 강렬함은 이제 막 지나간 여름과 다름이 없고, 해가 짧아진 것도 잘 느끼지 못한다. 능소화는 점점 붉게 흐드러지게 피고, 협죽도의 꽃봉오리도 잇따라 피었다가 떨어진다. 백일홍은 여전히 한창이다. 저녁 바람이 잠잠해진 밤에는 오히려 한여름보다 더 더워져, 깊은 밤하늘에만 살짝 보이는 은하의 그림자만 올려다보며 잠을 이루지 못하는 무더위가 덮칠 때도 가끔 있다. 하지만 하루하루 시간은 흘러가고, 어느 날 소나기가 개지 않고 밤까지 계속 내리면, 그때까지 늠름하게 치솟은 해바라기 잎들이 금세 노랗게 변하며 무거워 보이는 꽃이 고개를 숙인 채 위로 쳐다볼 생각을 하지 않는다. 수세미나 호박은 뻗을 대로 뻗은 덩굴 끝에 핀 꽃이 하나하나 작아지고, 그 수도 부쩍 줄어드는 게 눈에 보이기 시작한다. 그리고 한차례 비가 지나가면, 활짝 갠 하늘의 푸르름은 어제와는 완전히 다르게 짙고 깊게 깨끗해져, 때로는 커다란 하늘을 뒤덮어버릴 만큼 큰 구름 덩어리가 바람 없는 날에도 겹겹이 흘러가는 것이 보인다. 옥수수의 무성한 잎 끄트머리와 익은 열매를 감싸는 수염이 하염없이 살랑거리고, 큰 잠자리가 거기에 내려앉을 듯 내려앉지 못하고 왔다 갔다 날아다닌다. 한때 여름이 한창일 때는 모습을 감췄던 나비가 다시 팔랑팔랑 돌아다닌다. 사마귀가 엄지손가락만 해지면 사람 발소리를 들어도 도망은커녕 대들기라도 할 듯 자세를 잡는 것도 이 무렵이다.

여름 내내 선선한 저녁때마다 나가서 걷는 게 버릇이 되었는지, 지금도 저녁 식사를 마치면 꼭 밖으로 나간다. 지인의 집에 찾아가기도 하고, 한동안 못 만난 옛 친구를 만나 생각지도 못하게 밤을 새우기도 한다. 그럴 때 집으로 돌아오는 길은 한밤중의 바람이 어느새 선선해져 모자를 쓴 이마에도 땀이 맺히지 않고, 나도 모르게 발걸음이 가벼워지는 게 느껴지며, 드디어 올해 가을도 깊어졌다는 생각에, 소리도 나지 않는 바람 소리를 들으려고 할 것이다.

집에 도착해 책상 위의 등불을 켜면, 불빛도 어젯밤과 달리 부쩍 맑고 투명해진 듯한 느낌이 든다. 여름밤과는 완전히 다른 감각의 고요함에 놀라, 별 이유도 없이 불빛과 그 주변 물건들의 그림자를 가만히 바라본다. 내가 그해 가을 첫울음을 내는 귀뚜라미 소리를 듣게 되는 것은 대개 그런 생각지도 못하는 순간이다.

하지만 처음 듣는 귀뚜라미의 울음소리는 "오시이츠쿠 오시이츠쿠" 하고는 바로 끊어져, 이튿날 밤이 되어도 들리지 않을 때가 있다. 그리고 벌레 소리를 기다리는 밤은 사흘이고 나흘이고 덧없이 흘러간다. 저녁 해는 벌써 놀랄 만큼 짧아졌다. "오시이츠쿠 오시이츠쿠" 울음소리는 날이 갈수록 소란스럽고 조급해지며, 주변이 완전히 어두워질 때까지 하나둘 뒤따르듯 울어댄다.

달이 뜬다. 달빛은 석양이 서쪽 하늘에서 사라지기도 전에 이미 한밤중과 다름없는 빛을 발하고, 어디선가 풍겨오는 물푸레나무의 향이 부드럽고 차가운 비단처럼 사람의 살갗을 쓰다듬는다. 이 보드라운, 말로 표현할 수 없는 육체와 마음의 감각은 눈에 보이지 않고 귀에 들리지 않는 것에까지 선명히 가을다운 색조를 띠게 한다. 언젠가 첫울음 소리를 내본 뒤로 잠잠해진 귀뚜라미는 그런 날 밤부터 또다시 울기 시작해, 드디어 우리의 시절이 왔구나 말이라도 하듯 밤마다 소리 높여 신나게 울어댄다.

9월이 다가와 비가 자주 내리면, 비가 한 번 올 때마다 벌레 소리는 잦아진다. 바그너의 음악처럼 헝클어지고 용솟음치듯 울어댄다.

이윽고 추분이 가까워진다. 십오야의 만월이 해에 따라

추분과 겹칠 때도 있다. 밤낮의 길이가 같아질 무렵이 귀뚜라미의 합주가 가장 신나고 힘찬 절정일 때다.

야마노테* 사람들의 발걸음이 잦은 길가에서는 어두워지기도 전에, 시타마치**에서는 골목길 쓰레기통에서 밤새 미묘한 가을 노래가 흘러나온다. 길가나 쓰레기통뿐만이 아니다. 귀뚜라미 울음소리는 이윽고 격자문 안에서, 목욕탕에서, 부엌 안 구석구석에서도 들려온다. 아침저녁의 쌀쌀함에 귀뚜라미도 밤놀이에 익숙한 방탕아처럼 몸에 스며드는 가을비의 차가움에 집이 그리워지는 것이겠지.

이렇다 할 이유도 없이, 여러 가지가 마음속 밑바닥에서 떠오르는 계절이다. 겨울이 가까워진 가을날, 뿌옇게 흐린 채 비도 오지 않고 바람도 불지 않는, 지지 않는 황혼처럼 고요히 가라앉는 초저녁만큼 추억과 명상에 젖어들 때는 없다. 평소에는 잊고 있던 보들레르나 베를렌의 시들이 온몸을 찌를 듯이 선명히 되살아난다. 시들어가는 풀잎 그늘에서 들려오는 한낮의 귀뚜라미 소리는 그야말로 '가을날 바이올린이 흐느껴 우는 음률'***이다.

---

* 도쿄 서쪽의 고지대 지역으로 고급 주택가가 많다.
** 도쿄 동쪽 저지대의 서민들이 많이 사는 번화가.
*** 폴 베를렌의 시 《가을의 노래》 중 한 구절.

자리에 누워도 잠을 이루지 못하는 밤에는 더더욱 귀뚜라미 울음소리를 연인의 속삭임보다 그립고 사랑스럽게 여겨야 한다. 잠 못 이루는 사람을 향해 아무리 운다 한들 자신의 몸으로는 견디기 힘든 생명의 애절함과 슬픔이 사라지지는 않는 것이다. 귀뚜라미는 울기 위해 태어난 그 생명의 슬픔을, 그저 이유도 모르는 채 슬퍼하는 거라고, 미지의 말로써 생명의 고뇌와 비애를 호소하고 있는 것 같기 때문이다.

음력 9월 13일의 달은 서서히 이지러져 어둠의 밤이 계속된다. 사람들은 이미 겹옷을 입고 있다. 비 오는 밤에는 화로에 불을 피우는 사람도 있다. 벌써 겨울이다.

그때까지도 살아남은 귀뚜라미가 드디어 그해의 마지막 노래를 끝낼 때, 서쪽에서 불어오는 바람이 나뭇잎을 떨어뜨린다. 국화꽃보다 더 빨리 머위꽃이 피고, 차꽃 향기가 난다…….

(1946년)

나가이 가후(永井荷風) 1879~1959

소설가, 수필가, 극작가. 일본 탐미주의 문학의 대표 작가. 미국과 프랑스에서 유학하고 일했던 경험을 바탕으로 귀국 후 《미국 이야기》, 《프랑스 이야기》를 발표해 문단에 새로운 바람을 일으키지만 풍속을 해친다는 이유로 발매 금지를 당했다. 나쓰메 소세키의 의뢰를 받아 아사히 신문에 소설을 연재하면서 작가로서의 위치를 굳혔다. 대표작에 《강 동쪽의 기담》, 《장마 전후》, 《스미다 강》 등이 있다.

종소리

나가이 가후

오랫동안 살아온 아자부* 집 이층에는 이따금 종소리가 들려올 때가 있다.

종소리는 너무 멀지도, 너무 가깝지도 않다. 뭔가를 생각하고 있을 때도 그것 때문에 방해를 받는 일은 없다. 그대로 생각에 잠긴 채 조용히 듣고 있을 수 있는 음색이다. 또 아무 생각 없이 지쳐 멍하게 있을 때는, 그 소리 때문에 더한층 멍하니 꿈이라도 꾸고 있는 듯한 기분이 든다. 서양의 시에 나오는 자장가처럼 기분 좋은 부드러운 울림이다.

* 도쿄 미나토 구의 한 지역.

이 울림이 전해오는 방향으로 미루어보건대 시바의 종*인 듯하다.

옛날 시바의 종은 기리도시 언덕길에 있었다고 하는데, 지금은 그곳에는 보이지 않는다. 지금의 종은 조조지 절 안 어디쯤에서 울리는 걸까. 그건 잘 모르겠다.

나는 지금 이 집에서 벌써 20년 가까이 살고 있다. 처음 이사 왔을 무렵에는, 근처의 절벽 아래쪽에 초가지붕 집이 남아 있었고 한낮에도 닭이 울었을 정도였으니, 종소리도 지금보다는 더 자주 들려왔을 것이다. 하지만 아무리 돌이켜 생각해봐도, 그 시절 종소리에 귀를 기울이며 생각에 잠겼던 것 같은 기억은 없다. 10년 전에는 종소리에 귀를 기울일 만큼 나이가 들지 않아서였을 것이다.

그런데 지진이 난 후, 언제부터인지 모르게 종소리는 예전에 들어본 적이 없는 울림을 전해왔다. 어제 들었을 때처럼 오늘 또 듣고 싶다고, 은근히 기대하며 기다릴 때도 있었다.

종은 밤이든 낮이든 때가 되면 울리는 것이 당연하다. 하지만 수레 소리, 바람 소리, 사람 소리, 라디오, 비행기, 축음기, 온갖 소리에 가로막혀 좀처럼 내 귀에는 닿지 않

* 시바 공원이 있는 도쿄의 조조지 경내의 범종으로 1673년에 만들어졌다. 에도의 3대 명종 중 하나다.

는다.

우리 집은 절벽 위에 있다. 뒤쪽 창문으로 서북쪽의 산노 마을과 히카와 숲이 보이는데, 겨울 동안 서북쪽의 후지산에서 바람이 불어오면 절벽의 대숲이나 정원의 나무들이 요란스레 떠들어댄다. 창문뿐만 아니라 집을 흔들어댈 때도 있다. 계절과 함께 바람의 방향도 바뀌어, 봄에서 여름이 되면 이웃집의 문과 창이 활짝 열리고, 동남쪽에서 불어오는 바람을 타고 사방에서 쏟아지는 라디오 소리가 이른 아침부터 밤늦게까지 우리 집을 에워싼다. 그래서인지 종소리는 한참 동안 완전히 잊혀진 듯했지만, 그러다가 또 느닷없이 나를 놀라게 한다.

이 세월의 경험에서 종소리가 나를 가장 즐겁게 하는 때는, 이삼일 거칠어질 대로 거칠어진 초겨울 찬바람이 짧은 겨울 해가 허둥지둥 저물어감과 동시에 뚝 그치고, 추운 밤은 더한층 추워지고 더한층 고요해졌나 싶을 때, 방금 켜놓은 등불 아래서 홀로 젓가락을 들어 올리는 순간, 댕 하고 첫 울림이 선명히 귓가에 들려오는 그런 때다. 놀라서 젓가락을 쥔 채 나도 모르게 소리가 들려오는 쪽을 돌아보면, 그윽하게 반짝이는 신비로운 밤하늘에 초저녁 샛별의 그림자가 홀로 쓸쓸히 떠 있는 것이 보인다. 메마른 나뭇가지 끝에 초승달이 걸려 있는 것을 볼 때도 있다.

이슥고 해가 길어진 것을 금방 알게 되는 해 질 녘. 낮은 벌써 저물었지만 아직 완전히 밤이 되지는 않은 무렵, 책 읽기도 글쓰기도 싫증이 나고, 이제 등불을 켜야 하는 밤이 되었지만, 뭘 해야 하겠다는 목적도 즐거움도 없을 때 문득 들려오는 종소리는 책상에 턱을 괸 팔꿈치가 저리는 줄도 모를 만큼 온갖 옛 추억으로 사람을 끌어들일 때가 있다. 세상을 떠난 친구의 유작을 허겁지겁 꺼내 밤이 깊도록 빠져 읽는 것도 그럴 때다.

어린잎들이 무성해져 뜰뿐만 아니라 집 안의 창 또한 어둑어둑하고, 특히 보슬비의 물방울이 이파리 끝에서 소리도 없이 방울방울 떨어지는 오후. 여느 때보다 더 멀고 부드럽게 들려오는 종소리는, 스즈키 하루노부의 오래된 판화의 색과 선에서 느껴지는 듯한 피로와 권태를 떠올리게 하지만, 또 반대로, 가을의 막바지에 밤마다 거세지는 서풍에 드문드문 들려오는 종소리는 굴원(屈原)*의 《초사(楚辭)》에 비하고도 싶다.

쇼와 7년** 여름부터 지금까지 세상의 모습이 변하면서, 종소리 또한 내게, 메이지 시대에는 몰랐던 울림을 전

* 중국 전국시대 초나라의 시인이자 정치가.
** 초나라 특유의 문체로 쓰인 글로, 초인의 노래라는 뜻이다.

해주고 있다. 그것은 인욕(忍辱)과 체념의 길을 알려주는 조용한 속삭임이다.

사이교*도, 바쇼**도, 피에르 로티***도, 라프카디오 헌****도, 저마다 자신의 생애 어느 한 시절에 이 울림, 이 소리, 이 속삭임에 마음을 맑게 가라앉히고 귀를 기울였다. 하지만 역사는 지금껏 어느 인간의 전기(傳記)에서도, 은은한 종소리가 용맹과 분투의 기세를 드높였다고 말한 적이 없다. 시대가 변해가는 불가해한 힘은 천재지변의 힘보다 더 뛰어나다. 불교의 형식과 불승의 생활은 이미 변하여, 이제는 바쇼나 헌 같은 사람들이 절의 종소리를 들었을 때와는 다른 시대다. 승려가 한밤중에 일어나 종을 치는 습관조차도 언제까지 옛날 그대로 계속될 수 있을까.

이따금 종소리를 들으면, 나는 아무 이유도 없이, 내가 옛사람들과 같은 심정으로 종소리를 듣는 마지막 사람이 아닐까 하는 불안한 마음이 들어 견딜 수가 없다…….

(1936년)

---

* 헤이안 시대의 승려이자 방랑 시인.
** 마쓰오 바쇼. 에도 시대 하이쿠 시인.
*** 프랑스의 소설가. 세계 각지를 항해하면서 그 지역을 소재로 한 로맨틱한 소설을 많이 남겼다.
**** 그리스의 영문학자로 일본으로 귀화하여 고이즈미 야구모로 개명했다. 도쿄제국대학 영문과 교수 등을 역임했다.

풀과 벌레 그리고

다네다 산토카

언제부터인지, 어디서부터인지, 가을이 왔다. 올해는 가을도 한 발짝 빨리 온 것 같다.

낮에는 애매미, 밤에는 철써기가 시끄러울 정도로 울기 시작했지만 그것도 어느새 멀어지고, 요즘은 귀뚜라미의 세상이다. 귀뚜라미의 노래에 방울벌레가 박자를 맞춘다. 지빠귀 울음소리, 해오라기 울음소리, 어느 날은 만세, 만세 하는 외침이 들려온다. 밤이 되면 어디선가 라디오 소리가 드문드문 들려온다.

감나무 잎이 가을의 잎답게 물이 들어 떨어진다. 열매

도 떨어진다. 그 소리가 주변의 고요함을 더한층 고요하게 한다.

모기, 파리가 몹시 예민해졌다. 소리도 없이 앉자마자 바로 쏘는 각다귀, 파리는 거의 없지만, 마을로 나가면 꼭 두세 마리가 따라온다. 어쩌다 누가 찾아오면 자기도 모르게 선물로 데려온다. 파리들은 파리채를 알고 있다. 내려치려는 손을 느끼고는 잽싸게 도망친다. 생명이 짧은 벌레, 죽음을 눈앞에 두고 열심히 산다. 무리도 아닐 것이다.

계절의 변화에 민감한 것은, 식물이라면 풀, 동물이라면 벌레, 인간이라면 외톨이, 나그네, 가난뱅이이다. (이 점에서도 나는 풀이나 벌레 같은 존재다.)

메뚜기가 떼 지어 날아다니고, 논길을 지나갈 수 없을 만큼 법석을 떤다. 그와는 반대로 송장개구리는 늘 고독하다. 이 풀에서 저 풀로 놀랄 만큼 높이 뛰어오른다.

한 마리 뛰어라 송장개구리

이따금 책상 위를 돌아다니거나 이부자리로 쳐들어와 애를 먹지만, 예의 바르고 끝까지 의무에 힘쓰는 개미의 모습은 나에게 반성과 근로를 가르쳐준다.

밉살스러운 건 진딧물이다. 초가집이 텅 비어 먹을 게 없어서 그렇겠지만, 닥치는 대로 핥으려고 한다. 언젠가는 친구에게 빌려온 책 표지를 핥는 바람에 사죄의 말을 하게 만들기도 했다.

"진딧물만큼 비루한 건 없다. 예를 들면 애교라고는 눈곱만큼도 없는 데다 칠칠치 못한 여자가 기름때에 절어 누런 잠옷을 그대로 입고 나온 것 같은 느낌이다."

—《풍광문초》

이미 옛사람도 이렇게 말했다. 진딧물이여, 나뿐만이 아니구나, 화내지 말거라, 미워하지 말거라.

이질풀이라는 풀은 복통에 잘 듣는 약으로 귀중하게 취급되는데, 얼마나 얌전한지 모른다. 작은 매화처럼 생긴 붉은 꽃은 사랑스러움 그 자체다. 어떤 배우가 찾아와서 그 풀을 보고는 아이를 위해 따갔는데, 그 모습이 보기에도 흐뭇했다.

이질풀이
나 몰래 숨었다가
꽃으로 피네

싸리꽃이 조금씩 피기 시작했다. 석산화도 피기 시작했다. 싸리꽃은 티끌이라 불리는 만큼 석산화처럼 꽃으로서는 그다지 아름답지 않지만, 왠지 버릴 수가 없다. 나는 싸리꽃을 볼 때마다 늘 고인이 된 시미즈 이치오 군이 떠오른다. 그의 명구는 세월이 흘러도 마음을 울린다.

어쩌다 간혹
사람이 왔다 가면
싸리꽃 지네

오늘은 너무나 쾌청한 날씨에 마음이 동해 주변을 산책했다. 그리고 억새풀을 받아왔다.

소박한 항아리에 아무렇게나 꽂아둔 풀들의 흐트러짐, 거기에는 일본적 단순함의 깊이가 감돌고 있다. 별것도 아닌 곳에 헤아릴 수 없는 것이 있다.

닭의장풀의 아름다움도 잊어서는 안 된다. 매일 아침, 파란 유리 같은 하늘에 파란 유리 같은 꽃, 밭일에 방해가 되지 않는 한은 그대로 놔두고 싶다.

달이 점점 맑아진다. 고구마가 굵어지고 풋콩이 맛있어

지면 달도 맑고 환해진다. 잠이 잘 깨는 나는 한밤중에 일어나 달을 바라본다. 지새는 달의 싸늘한 빛이 몸에도 마음에도 스며들어, 추억은 덧없이 펼쳐진다. 덧없는 하늘처럼.

마시고 싶구나, 한잔하고 싶구나. —— 그럴 때, 술을 찾지 않을 수 없는 나는 고(故) 오자키 호사이의 쓸쓸한 하이쿠를 흥얼거린다.

이리도 멋진
달을 나만이 홀로
보고 잠드네

나도 문득 장난스러운 하이쿠가 떠올랐다. 바쇼 옹에게는 미안하지만.*

집 한 칸에
홀로 누워 바라보네
풀 위에 달

(1941년)

* 마쓰오 바쇼의 하이쿠 중에 "집 한 칸에 / 유녀도 잠들었네 / 싸리꽃과 달"이 있다.

다네다 산토카 (種田山頭火) 1882~1940

자유율 하이쿠의 대표적 시인. 자유율 하이쿠란 5, 7, 5 운율의 정형성이나 계절을 나타내는 계어를 써야 한다는 전통적인 규칙에 얽매이지 않고 자유로운 리듬으로 표현한 하이쿠를 말한다.
집안의 몰락, 이혼, 출가를 겪고 만년에 전국을 방랑하며 시를 짓다가 쉰아홉에 마쓰야마의 암자에서 눈을 감았다. 술과 여행을 사랑해 쇼와 시대의 마쓰오 바쇼로 불렸던 방랑 시인으로, 전국을 방랑하며 지은 12,000여 구의 하이쿠는 지금도 많은 사랑을 받고 있다.

숲의 목소리

스스키다 규킨

나는 지금 가스가(春日)*의 산길에 서 있다. 길 양옆에는 헤아릴 수 없이 커다란 나무들이 솟아 있고, 가지와 가지가 얽히고설킨 속에는, 울창한 활엽수와 침엽수가 빽빽해, 때마침 그 아래 그늘을 지나가는 산지기 남자들이 오후의 하늘을 보려 해도 구름 한 점 찾기도 쉽지 않다. 뭐니 뭐니 해도 금산(禁山)의 명**이 내려진 이후, 오늘까지 도끼 한 번 닿은 적이 없는 신산(神山)이다. 여름이 오면 푸른 잎이 자라고, 겨울이 오면 마른 잎이 떨어진다. 떨어진

* 나라(奈良)에 있는 가스가야마 원시림을 말한다.

** 헤이안 시대 닌묘 천황의 명으로 벌목이 금지된 이래로 천 년이 넘게 원시림으로 보존되어온 숲이다.

나뭇잎은 해마다 꿈을 안고, 그대로 또다시 땅으로 썩어 들어간다. 이렇게 천 년의 나이가 쌓였으니, 산의 풍치가 근방의 대충 만들어진 잡목림과 분위기가 다른 것이 무리도 아닐 것이다. 공기는 차갑다. 산의 살갗은 언제나 촉촉하다. 흔하디흔한 산에서는 가을이 아니면 맡을 수 없는 흙 향기가 왠지 모르게 촉촉이 풍겨온다.

넓디넓구나, 봄날의 숲. 드넓은 바다를 만들고, 불꽃 같은 산을 만들고, 모세를 만들고, 고래의 등뼈를 만든 대자연의 손은 여기에 또 봄날의 숲을 만들고 있다. 삼나무는 새벽녘의 우쭐함에 하늘까지 뻗으라고 높이 만들었나 보다. 상수리나무는 월요일 오전, 영혼이 팽팽하게 긴장한 순간에 낳은 것 같다. 죽백나무는 해 질 녘의 노래이리라. 마취목은 계절마다의 독백인지도 모른다. 저마다 타고난 성정을 있는 그대로 내보이며, 한눈팔지도 않고 쑥쑥 자라고 있다. 하늘은 미소를 띠며 이마 위에 펼쳐져 있다. 가장 이른 빛을 내 손 안에, 라고 말이라도 하는 듯, 나무들은 하나같이 튼튼한 팔을 위로 뻗치고 있다. 땅에서 태어나 하늘을 바란다는 것은 생각만으로도 애처롭다. 애처로운 건 분명하지만, 그 옛날 어린잎을 틔운 이후로, 타고난 저마다의 숙명이다. 나무는 그 숙명을 즐기며 자신의 대가 끝날 때까지 단 하루도 그 노력을 쉬지 않는다. 때는

6월 중순, 오래된 연못의 수초도 꽃을 꾸미려고 할 무렵이다. 구름이 살짝 낀 무더운 정오가 지난 온기에, 잎은 잎의 할 일을 하고 뿌리는 뿌리의 일에 열심이고, 둥치는 둥치의 역할을 다한다. 참으로 열렬한 생활의 모습이다.

삼나무 하나가 말한다.

"키가 너무 커지니까 쓸쓸해서 못 견디겠어. 게다가 저 구름의 주름이 거슬리기도 하고. 번개라도 치면 좋을 텐데."

젊은 마취목이 말한다.

"키가 작은 것도 싫어. 흙 향기가 너무 코를 찌르거든. 어제를 잊을 수는 없는 걸까."

늙은 상수리나무가 중얼거린다.

"생명에도 조금 질린 것 같아. 매는 어디로 갔을까. 로벤을 떨어뜨려 놓기만 하고 아직도 돌아오지 않잖아.* 이렇게 기다리는 사이에 천 년의 여름이 지나가버렸어. 그리 짧은 세월도 아니었던 것 같아."

죽백나무가 또 말한다.

"왠지 말(言)이 갖고 싶어졌어."

* 로벤은 나라 시대의 화엄종 승려다. 로벤이 어릴 때 매가 로벤을 채어 가스가야마에 있는 도다이지 절의 불당 앞 삼나무에 떨어뜨렸다는 이야기가 전해 내려온다.

하늘에는 구름도 걷히고, 서서히 날이 맑아진 것 같다. 초여름의 기운으로 가득한 한줄기 하얀빛이 거무스름한 죽백나무 가지 틈에서 사르르 흘러나와, 화사하게 나무들의 둥치에 떨어진다. 그때, 다갈색을 띤 전나무, 흰빛이 강한 상수리나무, 말라서 갈라진 죽백나무의 살갗이 음울한 숲의 공기 속에 또렷이 떠올라, 마치 오래된 절 제단의, 명장이 조각한 십이지신(十二支神) 상의 뒷등이 촛불 빛에 비친 듯한 긴장되고 건강한 느낌이 든다.

문득, 여자의 한숨 소리가 나는 듯한 느낌이 들며, 무언가 하늘하늘 목덜미에 내려앉는다.

손에 쥐어서 보니, 시들어가는 등나무꽃 같다. 그러고 보니 나라에는 6월도 절반이나 지난 이즈음, 아직도 이 보라색 꽃이 남아 있구나. 고개를 들어보니, 굵은 삼나무 그늘 안에 쭉쭉 뻗어 오른 오래된 등나무 등걸이, 마치 흐트러진 자태의 여자처럼 줄기를 늘어뜨리고, 잎을 드리우며, 가느다란 팔로 떨어지지 않겠다는 듯이 곁에 있는 나무들을 휘감고 있다. 여러 나무들의 속삭임 속에, 이 나무의 목소리만이 들리지 않았던 것도 무리는 아니다. 등나무는 숨죽이며 울고 있는 것이다.

(1943년)

스스키다 규킨 (薄田泣菫) 1877~1945

시인, 수필가. 메이지 시대 이후 시단을 대표하는 상징파 시인으로, 고전적이고 품위 있는 시풍의 시를 썼다. 대표작으로 시집 《백양궁》이 있다.

마이니치 신문에 입사해 작품 활동을 하면서 아쿠타가와 류노스케, 기구치 간 등 신인 작가를 적극적으로 초빙하여 작품을 발표하게 하는 등 문학계 발전에 큰 공헌을 했다.

파킨슨병으로 투병하다가 늘 그리워하던 구라시키의 고향집으로 돌아가서 눈을 감았다.

가을의 첫날

구보타 우쓰보

도요(土用)가 지났지만, 한여름의 힘은 조금도 쇠하지 않는다. 곧게 내리쬐는 햇빛, 하얗게 빛나는 구름 봉우리, 위에서 내리누르듯 다가오는 더위, 땅 위의 모든 것은 반항할 힘도, 벗어날 도리도 없이, 제멋대로 날뛰는 위력 앞에 그저 고개 숙인 채 떨고 있을 뿐이다. 한낮에는 경쾌하게 소리를 내는 이도 없다. 어디를 보아도 어지럽고 지쳐 있고, 그 속에 한줄기 고요한 기운도 감돌고 있는 게 느껴진다.

그런 날 오후, 뜻밖에도 소나기가 내렸다. 오랫동안 비가 오지 않아 이제 비 생각은 하고 있지도 않을 때, 신기하게도 내린 것이다. 소나기는 집요하게 남아 있는 더위를 위협이라도 하는 듯, 갑자기 덮쳐와 서둘러 가버렸다. 모든 사물이 되살아난 것처럼 생생한 색을 띠게 되었다. 비를 품은 바람은 살랑살랑 하염없이 불었다.

저녁 등불을 켜기 전에, 나는 집으로 돌아왔다. 여느 때처럼 툇마루에 서서 좁은 뜰, 울타리 밖의 공터, 절벽에 접한 앞집과 뒷집에 아무 생각 없이 눈길을 주었다. 눈에 익은 이 야마노테의 구석진 한곳에, 여느 때와는 사뭇 다른 무언가가 있는 것 같았다.

그것은 비에 젖은 나무도, 흙의 색도, 약간의 선선함도 아니었다. 언제나 이맘때쯤 이 근처에서만 유독 들려오는 떠들썩하고 즐거운 목소리가 오늘따라 뚝 끊겨, 이상하리만큼 아주 조용했다.

여름이 오고 집집마다 장지문을 모조리 떼어버리기 시작하면, 이곳에는 저녁부터 지금껏 들어본 적 없는 새로운 목소리가 들리기 시작했다.

한낮은 조용히 지나가지만, 저녁에 해가 기울며 집 한쪽에 그늘이 생기고, 나무숲에 모여 있는 매미 소리가 그치면서 그 대신 쓰르라미의 쓰르르 쓰르르 짧고 성급한 울음소리가 들려오기 시작하면, 그것을 신호로 고즈넉한 집들에서 저마다의 소리가 거의 동시에 나기 시작한다.

가장 먼저 나는 소리는 앞집의 바이올린 소리였다. 한단 높은 곳에 있는 그 집에는 젊은 음악가가 살고 있어, 저녁이 되면 꼭 일과처럼 바이올린을 켜기 시작한다. 날카롭게, 그리고 마음을 흔드는 듯한 높고 낮은 소리는 높은 지반에서 일어나 이 주변 공기 속에 감돌았다. 묵직한 느낌이 드는 여름날의 해 질 녘과 그 소리는 일종의 조화를 이루어, 그 소리를 듣는 이는 누구나 어떤 느낌이 들지 않을 수 없었다.

바이올린 소리가 날 즈음에는 노래 부르는 소리도 들려온다. 그것은 절벽 아래 서너 채 나란히 서 있는 맨 끝 집에서 나는 소리로, 키 큰 떡갈나무로 둘러싸인 이층집이다. 귀족이라는 말을 들었다. 나이 든 사람 같은 굵고 나지막한 목소리로, '아다치가하라'인가 하는 이야기의 한 구절을 여러 번 반복해 불렀다. 행각승이 길을 가다가 들판 한복판에서 해가 저물었다는 이야기는 다들 '또 그 이야기인가' 하고 생각하며 들었다. 게다가 그 앞 구절도 다 외워버릴 정도였다.

그 집에 오는 손님 중에는, 문과대학이, 문과대학이, 하고 유독 그 말만 큰 소리로 말하는 젊은이가 있다. 그 사람도 이따금 노인을 따라 노래를 불렀다. 틀린 곳을 지적받으면 같은 곳을 몇 번이고 반복해서 불렀다. 제대로 부르지 못해서 둘 다 늘 웃으며 노래를 끝내곤 했다.

그 옆집, 우리 집 뒷문 바로 맞은편에 있는 이층집에는 젊은 군인이 살고 있다. 장지문이 없는 거실은 책장의 책까지 다 보인다. 오후에 집주인이 돌아오면 잠깐 드러누워 그날 신문을 읽고 나서 책상 앞에 앉아 책을 읽는다. 그러면 젊은 아내도 들어와 남편과 같은 책상 앞에 마주 앉아 글을 쓰는 것 같았다. 두 사람이 할 일을 하면서 이따금 뭔가 이야기하며 서로 웃는 모습이 또렷이 보인다.

그 집에는 여학생으로 보이는 젊은 딸이 있다. 주인이 집에 없을 때는 이층에 올라가 책을 읽거나 바느질을 한다. 이따금 난간에 기대어 가만히 무언가를 바라보며 마음속의 생각을 좇아가고 있는 듯한 표정을 지을 때가 있다. 어쩌다 이쪽에 있는 사람과 눈이 마주치면 부드러운 표정을 지으며 살며시 친근한 눈빛을 띨 때가 있다. 주인 부부가 이층으로 올라가면 딸은 아래층으로 내려와 선선해지는 속에서 거문고를 타기 시작한다. 서툰 거문고이지만 그 소리가 들리기 시작하면 생생하고 활기찬 집이라는 생각이 들었다.

그 옆집은 나지막한 집으로, 나이 든 추한 아내와 멋진 수염이 난 젊은 남편이 둘이서만 살고 있다. 그 무렵이면 주인은 밖에서 들어와 벌거벗은 채 자전거가 놓여 있는 툇마루로 나가 높은 목소리로 강담(講談)을 읽거나 시를 읊으며 웃고 즐거워한다. 아내는 윗옷을 젖히고 어깨에 젖은 수건을 걸친 채 부채를 부치며 주인이 읽는 것을 듣고 있는 모습이 보인다. 주인은 어느 공장에 다니는 모양인데, 자신이 해야 할 일도 아닌데 어느 여공의 집에 갔다고 해서 한번은 손님과 아내의 화난 목소리가 들리기도 했다.

이런 소리들은 점점 어두워지고 서늘해지는 해 질 녘 공기 속에서 시원하고 떠들썩하고 거침없이 울려 퍼졌다. 쓰르라미 울음소리는 그쳐도 들려왔다. 검게 두드러진 떡갈나무 숲 저편, 붉은색을 띤 샛별이 낮게 반짝이는 것을 볼 때까지도 계속되었다. 자연스럽게 보이고 들리는 그런 소리들과 생활의 모습들을 보면 나는 여름 저녁의 즐거움을 생각하지 않을 수 없었다. 여름이 아니면 맛볼 수 없는 흥분된 느낌이다. 멀어져가는 더위에 이겨서 뿌듯해하는 심정으로 내는 소리다. 무의식적으로 내는 승리의 노래다. 숨김없이 드러난, 감출 곳 없는, 그리고 그것을 괴로움이라고 느끼지 않는 그런 생활, 그것은 여름철이 아니면 볼 수 없는 것이다. 나는 그렇게 생각하며 남몰래 즐거움을 느꼈다.

그 여름의 생활도 끝이 났다. 열렸던 문은 또다시 닫혀 버리고, 예전의 조용함과 쓸쓸함으로 돌아가버렸다. 보라, 집집의 장지문은 아직 떼어 낸 채 그대로지만, 문 앞에 나가 저녁의 쌀쌀함을 맞이하고 있는 사람은 없지 않은가. 노래도 강담도 여학생의 거문고 소리도 들리지 않는다. 음악가조차 뭘 하는지 바이올린을 켜지 않는다. 고즈넉하다. 아무 소리도 나지 않는다. 사방은 그저 쌀쌀함을 띠고 있을 뿐이다. 그러고 보니 저 쓰르라미, 이맘때쯤은 틀림없이 울었던 쓰르라미도 오늘은 울지 않는다. 매미 소리가 그치는 동시에 모든 소리가 이곳을 떠나버렸다.

어제까지의 생활이 오늘은 이미 기억 속의 것이다. 모든 과거와 함께 기억 속에서 태어날 뿐이다. 즐거운 소리도, 쓸쓸한 쓰르라미도, 이제 다시 돌아오지 않는 거라고 생각했다.

가을이 왔구나, 하고 나는 놀라서 생각했다. 지금까지의 한여름과 그 왕성한 위압, 그것을 보고 있으면 언제 올지도 알 수 없을 것 같았던 가을이 벌써 여기에 와 있는 것이다. 그렇게 생각하니 나는 새삼 주변을 둘러보지 않을 수 없었다.

해 질 녘의 하늘은 맑게 개어 있지만, 한여름에 보는 듯한 짙은 감청색과 마음을 뒤흔드는 듯한 생생한 촉촉함은 사라져버렸다. 땅 위의 초목도 어느새 한때의 윤기가 사라져버려 왠지 쇠약함을 보이고 있다. 눈에 보이지 않지만 말없이 공기 속을 떠돌고, 그리고 모든 것을 자극하려 했던 그 여름의 기운이라는 것, 그것도 그저 한차례 비에 씻겨 가버렸는지 이제는 느껴지지 않는다. 하늘도 땅도 왠지 잠잠히 고요해져 숨을 삼키고 있는 것만 같다. 가을이다, 틀림없이 가을이 와 있는 것이다.

그늘에 숨어서 틈을 엿보다 불쑥 나타나 그 한여름을 쓰러뜨려버린 듯한 가을, 나는 그 가을 첫날의 고요함과 선선함 속에서 어제까지의 여름을 추억했다. 괴로웠지만 엄숙했던, 떠들썩하게 빛났던 여름이라는 것이 맥없이 쓰러져간 것을 생각했다. 저물어가는 하늘과 사방의 고요함에 감싸여 있으면, 나는 갇혀버린 듯한, 갈 데 없는 절절한 애수를 느꼈다.

(1966년)

구보타 우쓰보 (窪田空穂) 1877~1967

시인, 국문학자. 《어머니》, 《막내》 등의 소설도 있지만, 잡지 《명성》에 신체시와 와카를 발표하고 《한낮의 들판》이라는 와카집을 출간했다. 낭만적인 동경이나 마음속의 슬픔을 노래한 시가 많으며, 《탁한 강》, 《땅을 바라보며》, 《매끄러운 잎》 등의 시집을 남겼다.

싸리꽃

호리 다쓰오

싸리꽃에 대해서라면 나는 두어 개의 작은 추밖에 없다. 그것도 전부 가루이자와에서 생긴 일이다. 그 꽃이 필 때쯤이면 내가 주로 그 마을에 있어서 그럴 테다.

*

언젠가 여름이 끝나갈 무렵이었나, 쓰루야 여관 별채에서 아쿠타가와 씨와 무로 사이세 씨가, 같은 여관에 묵고 있는 어느 부인을 위해 작은 여성용 부채에 시를 써준 적이 있었다. 그 옆에서 소년인 나는 잠자코 지켜보고 있었다. 아쿠타가와 씨는 그 부채 앞면에 작고 가는 글씨로

“밝은 샛별 술병에 울려퍼져라 두견새”라는 시를 썼다. 그걸 부채에 써넣더니, 이번에는 둘이서 입으로 즉흥시를 흥얼거리며 거기에 있는 종이에다 연신 뭐라 뭐라 썼다. 그 대부분은 쓰자마자 구겨버렸지만, 아쿠타가와 씨가 그중 딱 한 장이 마음에 들었던지, 찢지 않고 한 곁에 놓아두었다. 거기에는 귀뚜라미 한 마리를 그린 그림이 있고,

찔레나무에
뒤엉키는 싸리꽃
한창이구나

라고 쓰여 있었다. 그걸 집어 들며 내가 “이거, 제가 가져도 될까요?” 하고 물었지만, 아쿠타가와 씨는 그저 말없이 다른 종이를 골똘히 쳐다보고 있었다.

*

작년에도 여름이 끝나갈 즈음이었다. 무슨 바람이 불었는지, 나는 마을에서 꽤 먼 골프장 근처의 솔숲 한가운데에 있는 어느 작은 호텔에 혼자 저녁을 먹으러 갔다. 현관 옆에는 골프복 차림의 사람들이 아직 한 무리 남아 있었

지만, 작은 응접실은 아무도 없이 조용했다. 아무 생각 없이 한쪽 구석에 앉으려는데, 아, 하는 느낌이 들면서 유리문 너머 솔숲으로 이어지는 테라스에 소년과 소녀가 등나무 의자에 앉아 있는 것이 보였다. 유리 너머로 보이는 사물은 사람을 살짝 공상에 빠지게 하는 것 같다. —— 나는 처음에 그 두 사람이 호텔에 묵고 있는 남매로, 아마 골프라도 치고 있는 아버지를 기다리고 있거나, 혹은 나처럼 저녁 식사 시간을 기다리고 있는 거라고 생각했다. 그런데 건너편 소나무 숲속에서 자동차가 소리 내며 다가올 때마다, 살짝 안절부절못하는 눈길을 그쪽으로 던지며 바라본다. 그리고 자동차가 호텔 입구에 멈춰, 아직 남아 있는 골프복 차림의 사람들을 태우고 또다시 소리를 내고 사라질 때마다 조금 실망한 기색을 보인다. 그러는 동안 나는 이 두 사람이 어쩌면 여름방학이 끝나기 전에 부모의 눈을 살짝 피해 사람 없는 이 호텔에 와서 이별을 아쉬워하고 있는 어린 연인인지도 모른다는 생각이 들었다. 이제 조금씩 해가 저물기 시작했으니 데리러 오는 차가 빨리 오지 않으면 곤란하겠지만, 그러면서도 언제까지나 둘이서만 있고 싶은 마음도 있는, 그런 안타까운 표정이 두 사람의 얼굴에 비치는 것 같기도 하다.

호텔 종업원들도 이 어린 손님들을 완전히 잊어버린 것

같았는데, 딱 한 명, 조금 전부터 그들이 꽤 신경 쓰이는지 두 번 세 번 테라스로 나가 두세 마디 말을 건네는 어린 종업원이 하나 있었다. 그 종업원은 테라스의 소년보다 두세 살 더 어려 보인다. 그래도 조금 연상의 손님을 대하는 정성스럽고 멜랑콜리한 태도에 악의 같은 건 조금도 보이지 않는다. 오히려 차가 늦게 오는 걸 두 사람과 함께 걱정하는 것 같다.

"아직 차가 오지 않았는데, 한 번 더 전화해볼까요?"

그 종업원이 멜랑콜리한 느낌으로 허리를 숙이며 말하자,

"아아."

하고 소년은 오히려 아무렇지 않다는 듯 무심히 대답한다. 그런 대화가 오가는 중에 소녀는 소녀대로 살짝 조바심을 내며, 바로 옆에 싸리꽃 한 무더기가 한껏 피어 있는 걸 바라보고 있었는데, 순간, 무심코 손을 쭉 뻗더니 그 줄기 하나를 잡아당겼다. 그러자 꽃이 한가득 매달린 무성한 싸리 덤불이 오래도록 흔들렸다. ……

나는 서서히 어두워지는 응접실 한구석에서 왠지 정신이 아득히 멀어지는 듯한 느낌이 들면서, 그런 정경을 바라보고 있었다.

(1934년)

호리 다쓰오 (堀辰雄) 1904~1953

소설가, 시인. 사소설적인 문학이 주류였던 시절, 일본 소설에 서양식 픽션이라는 문학 형식을 확립하려고 했다.
대표작으로 《바람이 분다》를 비롯해 《나오코》, 《루벤스의 위작》, 《하루살이의 일기》 등이 있다. 폐결핵으로 만년에는 거의 작품을 발표하지 못하고 마흔여덟 살에 세상을 떠났다.
스승 무로 사이세를 통해 만난 아쿠타가와 류노스케에게 많은 영향을 받았고, 아쿠타가와의 사후, 아쿠타가와의 삶을 그린 《성가족》이라는 작품을 남기기도 했다.
가루이자와는 호리 다쓰오의 여러 대표작이 집필된 곳으로, 그의 문학 기념관이 있는 곳이다.

목련꽃

호리 다쓰오

"봄에 나라(奈良)에 가서 만발한 마취목 꽃구경을 할 생각이었는데, 가다가 기소를 돌았을 때쯤 생각지도 못하게 눈보라를 만났습니다. ……"

나는 기소의 여관에서 받은 그림엽서에 그렇게 쓰면서, 차창 밖으로 맹렬히 눈이 쏟아지는 기소의 골짜기를 하염없이 쳐다보았다.

봄이 한창인데도 참 사나운 눈바람이다. 이렇게 추울 수가 없다. 더군다나 기차 안에 우리 말고는, 기소에서 함께 차를 탄 상인처럼 보이는 부부와 두툼한 겨울 외투를 입은 남자 한 명뿐이었다. 상인 부부는 어디 온천으로 요양을 가는 것 같았다. 그래도 아게마쓰를 지날 때쯤 부쩍 눈발이 약해지더니, 이따금 희미한 햇살이 반짝 열차 안을 비추곤 했다. 어차피 이런 터무니없는 추위는 여기만 지나면 끝일 거라고 생각하며 참고 있었는데, 다들 햇살이 그립다는 듯 반대편으로 자리를 옮겼다. 아내도 결국 읽고 있던 책만 들고 그쪽으로 가버렸다. 나만 혼자 이따금 눈이 흩날리는 기소의 골짜기와 강을 하염없이 바라보며 이쪽 창가에 고집스럽게 앉아 있었다. ……

아무래도 이번 여행은 시작부터 날씨가 기묘하다. 나쁘다고 하면 나쁘겠지만, 좋다고 생각하면 정말로 좋았다. 먼저, 어제 도쿄를 떠날 때부터 꽤 거센 비바람이 불었다. 하지만 아침부터 이렇게 세찬 비가 내리니 저녁에 기소에 도착할 무렵에는 그칠 거라고 생각했다. 정말로 정오 무렵부터 부쩍 빗발이 잦아들면서, 아직 눈이 쌓인 가이 지역의 산들이 빗속에서 모습을 드러냈을 때는 말할 수 없이 상쾌했다. 그러다가 시나노를 넘어갈 즈음 때마침 비가 뚝 그치더니, 후지미 주변의 마른 들판도 비 때문인지 왠지 생생하게 되살아난 듯한 빛깔을 띠며 창밖을 지나갔다. 멀리서는 기소의 새하얀 산들이 또렷이 보이기 시작했다. ……

그날 밤, 기소후쿠시마 여관에서 묵고 새벽녘에 눈을 떠 보니, 생각지도 못한 눈보라가 친 것이다.

"눈이 엄청 내렸어요……."

여관의 하녀가 화로를 가져와, 안됐다는 듯이 말했다.

"요즘 툭하면 이렇게 눈이 내려서 큰일이에요."

하지만 나는 눈은 전혀 괴롭지 않다. 그래서 오늘 아침에도 그런 눈 속을 헤치고 우리는 여관을 떠난 것이다.

……

지금 우리가 탄 기차가 달리고 있는 기소 골짜기 저편에는 봄이 한창이고 밝은 하늘이 펼쳐져 있을까, 아니면 어두침침하게 흐린 날씨일까. 나는 이따금 그런 생각을 하며 차창에 얼굴을 바싹 갖다 댄 채 골짜기 위를 올려다보지만, 산에 가려진 좁은 하늘에는 온통 여기저기 세차게 불어대는 눈 말고는 아무것도 보이지 않는다. 그렇게 미쳐 날뛰는 눈바람 속에서 조금 전부터 가끔씩 희미한 햇살이 불쑥 비치고 있다. 별것도 아닌 햇살이지만, 이 설국 바깥으로 나가면 어쩌면 화창한 봄 하늘이 그곳에서 기다리고 있을 것만 같은 생각이 든다. ……

내 바로 옆자리에 앉아 있는 사람은 이 지방 사람인 듯한 중년 부부다. 장사꾼처럼 보이는 남자가 뭐라 뭐라 작은 목소리로 말하면, 목에 흰 천을 감고 몸이 안 좋아 보이는 여자도 똑같이 작은 목소리로 맞장구를 친다. 딱히 우리 쪽을 신경 쓰며 말하고 있는 것 같지는 않다. 나는 그런 건 전혀 거슬리지 않는다. 그런데 정말 신경에 거슬리는 건, 맞은편 끝자리에서 온갖 자세를 취하며 자고 있는 겨울 외투의 남자다. 그는 이따금 뭔가 생각났다는 듯 일어나서는 마룻바닥을 쿵쿵거리며 쉴 새 없이 발소리를 내는 버릇이 있다. 그 버릇이 시작되면, 그 옆자리 맞은편에서 외투로 다리를 감싸고 책을 읽고 있는 아내가 나를 돌아보며 살짝 얼굴을 찌푸린다.

그렇게 작은 역 서너 곳을 지나는 동안, 나는 여전히 혼자서 기소강을 따라 달리는 열차의 차창에서 떨어지지 않았는데, 그러다 점점 눈도 드문드문 흩뿌리는 정도로 그치기 시작한 것을 왠지 아쉬운 마음으로 바라보고 있었다. 이제 기소와도 이별이다. 변덕쟁이 눈이여, 나그네가 떠난 뒤에도 좀 더 기소산 위에 내려다오. 잠깐이라도 좋으니, 네가 내리는 모습을 나그네가 어느 들판 한 곳에서 뒤돌아 찬찬히 바라볼 수 있을 만큼만.

그런 생각을 하면서 멍하니 있을 때였다. 문득 내 옆자리의 부부가 나지막이 말하는 목소리가 들려왔다.

"방금 저기 저 산에 하얀 꽃이 피어 있었지? 무슨 꽃이야?"

"그거 목련꽃이잖아."

나는 그 소리를 듣자마자 뒤돌아서 몸을 쭉 내밀며, 목련꽃을 찾으려고 산을 쳐다보았다. 방금 그 부부가 본 것과 똑같은 건 아니더라도 그 산에 목련꽃이 핀 또 다른 나무가 보이지는 않을까 생각한 것이다. 그런데, 그때까지 혼자 멍하니 이쪽 창가에만 붙어 있던 내가 갑자기 두리번거리며 그쪽을 둘러보기 시작하니까, 옆자리 부부가 무슨 일인가 싶어 나를 쳐다보았다. 나는 너무 창피해서 아무것도 아닌 척하며 일어나, 반대쪽 맞은편에서 여전히 열심히 책을 읽고 있는 아내에게 다가갔다.

"모처럼 여행하는데 책만 읽고 있으면 어떡해. 가끔은 산 풍경도 좀 봐. ……"

그렇게 말하며 맞은편에 앉아서 그쪽 창밖을 열심히 바라보았다.

"그래도 여행할 때 아니면 난 책도 느긋하게 못 읽는단 말이에요."

아내는 자못 불만스럽다는 표정으로 나를 보았다.

"흠, 그런가."

사실 나는 그걸 불평할 마음은 조금도 없었다. 그저 잠깐이라도 좋으니 그렇게 아내의 눈을 창밖으로 돌려, 산마루에 새하얗게 꽃을 피운 목련을 한두 그루 발견해, 여행의 운치를 함께 맛보고 싶었기 때문이었다.

그래서 나는 그런 아내의 대답은 전혀 마음에 두지 않

고, 그냥 살짝 목소리를 낮춰 말했다.

"저쪽 산에 목련꽃이 피어 있대. 좀 보고 싶어서 말야."

"어머, 그거 못 봤어요?"

아내는 기뻐 어쩔 줄 모르겠다는 듯이 내 얼굴을 바라보았다.

"얼마나 많이 피어 있었는데……."

"거짓말하지 마."

이번에는 내가 무척 불만스러운 표정을 지었다.

"난 암만 책을 읽고 있어도 지금 어떤 경치고, 무슨 꽃이 피어 있는지 정도는 다 안다고요."

"뭐, 어쩌다 한번 봤겠지. 내가 아까부터 기소강 쪽만 쭉 보고 있었는데, 강 쪽에는……."

"어머, 저기 한 그루 있네."

아내가 불쑥 내 앞을 가로막으며 산 쪽을 가리켰다.

"어디?"

하지만 나는 그 말을 들어도 뭔가 하얀색이 살짝 비친 듯한 느낌만 들었을 뿐이다.

"방금 그게 목련꽃이야?"

내가 멍하게 물었다.

"정말 어쩔 수가 없는 사람이네."

아내는 완전히 득의양양한 모습이었다.

"좋아, 또 금방 찾아줄게요."

하지만 꽃이 핀 나무는 좀처럼 나타나지 않았다. 우리가 그렇게 차창에 얼굴을 갖다 대고 바라보고 있으니, 아직 이른 봄의 바삭바삭 마른 산을 배경으로 또 어디선가 눈발 같은 것이 팔랑팔랑 흩날리는 게 보였다.

나는 그만 단념하고 한참을 가만히 바라보았다. 결국 내 눈으로 보지 못했다. 설국의 봄에 맨 처음 핀다고 하는 목련꽃이 지금 어디선가 산마루에 또렷이 서 있는 모습을 그저 마음속으로만 떠올려보았다. 그 새하얀 꽃은 이제 막 눈이 녹으면서 꽃잎 물방울처럼 똑똑 떨어지고 있을 게 분명했다. ……

(1943년)

2장

처마 끝에서 살랑거리던 파초 잎도

여름 모자

하기와라 사쿠타로

청년일 때는 누구나 하찮은 것에 열정을 품는 법이다.

그 무렵, 지방의 어느 고등학교에 다니던 나는 매년 초여름만 되면 꼭 어떤 열정에 사로잡혔다. 아무것도 아닌 하찮은 것이긴 한데, 내가 좋아하는 어떤 여름 모자를 써보고 싶은 것이다. 내가 좋아하는 모자는 파나마 모자도 아니고 투스칸 모자도 아닌, 적갈색 띠가 둘러져 있는 제일고*의 여름 모자였다.

어째서 그토록 그 학생모를 좋아했을까. 나도 잘 모르겠다. 아마도 그 무렵 내가 애독하던 모리 오가이의 《청

* 제1고등학교. 현재의 도쿄대학 교양학부 등의 전신인 구제고등학교로, 졸업생 대부분은 도쿄제국대학에 진학했다.

년》이나 나쓰메 소세키의 학생 소설 같은 책에서 제일고 학생들을 연상하고, 그것이 초여름 푸른 잎 속에서 우에노 숲을 산책하는 그들의 여름 모자를 떠올리게 하여, 연상 심리와 결합했기 때문일 것이다.

어쨌든 나는 그 적갈색 띠, 그 학생모만 생각하면, 이상하게도 그리운 독일 희곡, 알트 하이델베르크*가 떠오르면서, 여름의 푸른 잎에 산들산들 다가오는 바다의 향수(鄕愁)를 느끼곤 했다.

그때 내가 살던 지방의 고등학교에서는 제일고 모자를 본떠서, 진홍색 띠에 흰색 줄이 두 개 그어진 모자를 썼다. 나는 그게 싫어서 흰색 줄에 빨간색 잉크를 바르기도 하고 진홍색 띠 위에 자주색 물감을 칠하기도 하면서 억지로 제일고 모자처럼 보이게 했다. 하지만 더는 열정을 억누를 수 없어, 끝내는 어느 여름 방학에 도쿄에 올라가 혼고의 모자 가게에서 제일고 모자를 사고 말았다.

그런데 그걸 사고 나니 부질없는 회한에 사로잡혔다. 샀다고 한들 진짜 제일고 학생도 아닌 내가 차마 창피하게 그걸 쓰고 돌아다닐 수도 없었으니까.

나는 사람이 없는 곳에서 몰래 그 모자를 쓰고, 오가이

* 독일의 극작가 빌헬름 마이어 푀르스터가 쓴 희곡.

박사의 《청년》이나 하이델베르크를 떠올리며, 마치 내가 그 주인공이라도 된 양 공상 속 쾌락에 빠지고 싶었다. 그 강렬한 욕망을 도저히 억누를 수가 없었다. 그래서 어느 여름, 7월에 방학이 시작되자마자 나는 모자를 몰래 가방에 넣고 닛코 산속에 있는 주젠지 피서지로 갔다. 물론 숙소는 호숫가의 레이크 호텔로 골랐다. 내 공상 속 인물이라면 마땅히 그 숙소여야만 했다.

어느 날 나는 근처에 있는 작은 폭포를 보려고 혼자 여름 산길을 올라갔다. 7월 초의 닛코는 푸른 나뭇잎 그늘에서 환하게 반짝반짝 빛나고 있었다.

나는 숙소를 나설 때부터 큰맘 먹고 짐가방 속에 있던 모자를 꺼내 쓰고 있었다. 이런 호젓한 산길이라면 당연히 아무도 보는 사람이 없을 테니, 창피해하지 않고 마음껏 공상에 잠길 수 있겠다고 생각했기 때문이다. 여름 산길에는 갖가지 흰 꽃들이 피어 있었다. 나는 교복 차림에 모자를 쓰고 땀이 배어나는 살갗을 느꼈다. 그리고 오른쪽 어깨를 높이 치켜올리고 독일 학생의 청춘 기질을 표상하는 낭만적 호기를 느끼며 걸어갔다. 품속에는 마루젠에서 얼마 전에 산 정겨운 하이네 시집이 들어 있었다. 그 시집은 연필 자국으로 지저분했고, 군데군데 시든 풀꽃이 끼워져 있었다.

산길 막다른 곳의 낭떠러지를 돌았을 때다. 불쑥 내 앞에서 걸어가는 밝은 양산 두 개가 보였다. 자매처럼 보이는 젊고 아름다운 여자들이었다. 나는 이유도 없이 갑자기 발이 얼어붙는 듯한 부끄러움과 혼자라는 어색함을 느끼며, 일부러 그들 쪽을 쳐다보지 않으려고 어깨를 치켜세운 채 발걸음을 재촉하며 앞질러갔다. 그녀들에게 무관심한 척하려고 무리하게 애를 쓰는 바람에 내 몸은 온통 굳어 있었다. 그래도 속으로는, 이런 인적 드문 산길에서 아름다운 여인들과 길동무가 되어 한마디 말이라도 주고받는 기쁨을 공상하며 그런 행복 속에서 머뭇머뭇했다.

나는 그녀들을 앞질러가면서, 이런 절호의 기회를 붙잡지 못한 어리석음을 못내 후회했다.

그런데 마침 그때 우연한 기회가 찾아왔다. 내가 땀을 훔치려고 손수건으로 이마를 닦는데, 그만 모자가 머리에서 미끄러져 떨어졌다. 모자는 바퀴처럼 굴러가더니, 바로 대여섯 걸음 뒤에서 걸어오던 여자들 발밑에서 멈췄다. 어린 쪽 여자가 냉큼 그걸 주웠다. 그녀는 부끄러운 기색도 없이 쾌활하게 내 쪽으로 달려왔다.

"아…… 정말 감사합니다."

나는 당황해서 간신히 우물거리며 인사를 했다. 그리고 허둥지둥 모자를 쓰고 도망치듯 성큼성큼 걷기 시작했다.

우주가 시뻘겋게 회전하고, 어찌해야 할지 몰랐다. 그저 발만이 기계적으로 움직이며 무턱대고 잰걸음으로 나아갔다.

그런데 바로 뒤에서 여자가 부르는 소리가 들렸다.

"저기, 뭐 좀 여쭤보고 싶은데요……."

언니로 보이는 여자였다. 그녀는 분명 나보다 한두 살 위로 보였고, 영리하고 아름다운 눈동자를 가진 여자였다.

"폭포 쪽으로 가려면 이 길로 가는 게 좋을까요?"

그렇게 말하며 친한 사이처럼 미소를 지었다.

"옙!"

나는 긴장으로 온몸이 굳어져, 마치 병사처럼 대답했다. 여자는 잠시 가만히 내 얼굴을 바라보더니 세상 물정에 밝은 말투로 말을 걸었다.

"실례지만, 혹시 제일고 학생인가요?"

나는 잠시 대답을 망설였다.

'아니요'라는 부정의 말이 순간 입안을 맴돌았다. 하지만 그다음 순간, 모자가 머릿속에 떠오르자 가슴이 철렁하며 식은땀이 흘렀다. 나는 생각할 여유도 없이 얼렁뚱땅 넘어가듯 대답했다.

"옙!"

"그럼 당신이……."

여자는 몰아치듯 질문했다.

"아키모토 자작 아드님이시군요. 잘 알고 있습니다."

나는 이번에야말로 큰 소리로 분명히 대답했다.

"아니요. 아닙니다."

하지만 여자는 더더욱 의아하다는 표정으로 나를 바라보았다. 이유를 알 수 없는 창피함과 불안감에 휩싸인 채, 나는 여자들을 뒤로하고 빠른 걸음으로 성큼성큼 앞서가 버렸다.

호텔로 돌아온 나는 우연히 그 여자들이 내 옆방 손님이라는 걸 알았다. 그들은 나이 든 어머니와 함께 셋이서 그곳에 와 있었다. 이런저런 기회가 겹치면서 나는 어쩔 수 없이 그녀들과 친해졌고, 급기야는 언니 쪽 여자와 둘이서만 숲속을 산책하는 사이까지 되었다. 연상의 그녀는 말할 것도 없이 나를 좋아하고 있었다. 그녀는 언제나 나를 '도련님'이라고 불렀다.

나는 처음에 그녀가 순수한 장난기에서 날 놀리려고 하는 말이라고 생각했기에, 일부러 거들먹거리며 자못 귀족답게 받아주었다. 그런데 어느 날, 그녀가 진지하게 말했다. 꽤 오래전부터 자신이 제일고 운동회나 다른 여러 기회로 아키모토 자작의 영식을 잘 알고 있다고 했다. 그리고 내가 바로 그 사람이 틀림없다고, 아무리 아닌 척 숨겨도 자기는 알고 있다고, 여자의 강한 확신으로 주장했다.

그 강한 확신은 내 어떤 변명으로도 돌릴 수가 없었다. 결국 어쩔 수 없이 나도 적당히 귀족 자식 행세를 했다.

마지막 날이 다가왔다.

희미하게 매미가 우는 숲속 오솔길에서 여름 석양을 등에 받으며, 그녀가 살짝 내게 다가와 마음속 비밀을 털어놓으려는 듯한 모습을 보였다. 나는 꽤 전부터 자신을 속이고 있다는 괴로움에 더는 견딜 수가 없었다. 나는 제일고 학생도 아니고, 하물며 귀족의 자식도 아니다. 게다가 뻔뻔스럽게 제일고 학생모를 쓰고 우쭐해져 '도련님' 소리를 듣고 있다. 아무리 좋게 생각해도 나는 불량소년의 전형이며 그들과 똑같은 짓을 하고 있는 것이다.

나는 회한을 더 이상 견딜 수가 없었다. 그리고 한밤중에 짐을 싸서 떠나기로 마음먹었다.

이튿날 아침 일찍 나는 혼자 뒷산에 올라갔다. 거기에는 여름풀이 무성하고 매미가 나무에서 울고 있었다. 나는 가방에서 모자를 꺼내 두 손으로 잡고 쥐어뜯었다.

밀짚이 북북 찢어지는 소리가 묘한 슬픔으로 가슴에 다

가왔다. 그 적갈색 띠마저 땅바닥에서 진흙투성이가 되어 내 신발에 짓밟히고 있었다.

(1929년)

하기와라 사쿠타로 (萩原朔太郎) 1886~1942

시인. 다이쇼 시대에 구어 자유시를 완성하여 근대시의 새로운 지평을 연 시인으로 일본 근대시의 아버지로 불린다.
첫 시집 《달에게 짖다》로 큰 호평을 받고 명성을 얻었다. 대표작으로 《푸른 고양이》, 《순정소곡집》 등의 시집이 있고, 그 밖에 여러 평론과 수필을 남겼다.

운모편암(雲母片岩)

미야모토 유리코

젊고 다정한 봄은
정원에 아름다운 옷을 입힌다
—— 환한 때*

하야시초에 있는 집의 고풍스러운 툇마루에는 쨍하게 화창한 하얀 봄빛이 흘러넘치고, 방의 미닫이문은 활짝 열려 있다. 방 안 높이 중인방(中引枋)에 반짝이는 햇살. 눈부신 시계추의 금색. 툇마루를 등지고 작은 밥상 위에 한쪽 팔꿈치를 괸 채, 나는 고개를 숙이고 열심히 먹을

* 벨기에 시인 에밀 베르하렌의 시의 한 구절.

갈았다.

짜깍, 째깍, 째깍째깍 시계 소리, 서늘한 검은 먹 향기. 햇볕은 얼마나 따사로운지.

"아직 안 진해?"

어머니는 미닫이문 옆, 툇마루 쪽으로 얼굴을 돌리고 고개를 숙인 채, 남동생 옷을 바느질하고 있었다. 나는 고개도 들지 않고,

"조금만 더."

하고는, 마루하치 먹을 쥐고 탁, 탁 벼루를 두드려보았다. 내 얼굴이 비치나 하고 나는 검고 아름답고 윤기 흐르는 물을 들여다보다가 또다시 갈기 시작한다.

어디선가 가냘픈 작은 새소리.

보이지 않는 어딘가에 피어 있는 꽃의 향기가 포근하고 졸린 봄 햇살 속에 녹아 흘러오는 것 같다.

건너편 미닫이문의 햇살이 어른거리더니 어머니가 다가왔다.

"이제 그 정도면 되지 않았을까?"

나는 먹으로 연지*의 물이 걸쭉한지 보았다.

"끈적거리지 않아도 돼?"

* 벼루 앞쪽에 오목하게 패여 먹물이 고이는 곳.

"이 먹은 기름먹이 아니라서 그렇게 걸쭉해지지 않아. 종이는?"

"여기."

일곱 살의 나는 새하얀 종이 가장자리에 먹으로 손도장을 찍으며 종이를 집어 밥상 위에 펼쳤다. 어머니는 곁에서 굵은 붓을 쥐고 연지에 먹물을 똑 떨어뜨렸다! 그리고 연당*에 붓을 빙글빙글 돌리며 붓끝을 가다듬었다. 그 붓을 들고, 자그맣게 앉아 있는 내 등 뒤로 갔다.

"자, 붓을 들어봐. 그게 아니고, 그다음 손가락도 걸치고, 이렇게."

"이렇게?"

"그렇지. 됐어? 먼저 이(い), 로(ろ), 하(は), 세 글자부터 써보자, 응? 잘 봐. 그 다음엔 혼자서 쓰는 거야."

어머니는 태어나서 처음으로 붓을 쥔 내 손을 잡고,

"자, 점 찍고. 쭉 내려가다가 살짝 구부리고 끝. 이게 왼쪽이야. 오른쪽도 역시 처음에 힘을 주고 바깥쪽을 볼록하게…… 끝."

어머니는 입으로 말하면서 작은 사각형 안에다 글자 하나를 썼다.

* 벼루에서 먹을 가는 평평한 곳.

손가락의 기억도 없이 그저 숨죽인 채, 하얀 봄빛에 더 한층 하얀 종이를 바라보던 나는 위에서 내 손을 잡고 있는 어머니의 손에서 힘이 풀리자 한숨을 내쉬었다.

나는 가만히 글자를 바라보다가 고개를 돌려, 내 뒤에서 엉거주춤 등을 구부리고 있는 어머니의 얼굴을 쳐다보았다.

어머니 역시 바가지 머리를 한 내 머리 너머로 글자를 보더니,

"…… 모양이 이상하네" 하고 혼잣말을 했다.

"자, 이번엔 유리 네 차례야. 한번 써봐. 못 써도 괜찮아."

나는 갑자기 온몸이 달아오르며 어찌해야 할지 몰랐지만, 옷에 달린 술을 흔들며 자세를 고쳐 앉았다. 붓을 쥐었지만 붓끝이 이상하게 흐물흐물 힘이 없고 어떻게 움직여야 할지 알 수가 없다. 솔직히 말해, 너무 정신이 없어서 어머니가 어디서부터 어떻게 쓰기 시작했는지조차 모르겠다.

잠시 우물쭈물하다가 나는 큰맘 먹고 힘을 주어, 벼루에 가까운 오른쪽부터 먼저 선을 긋고 끝을 삐친 다음, 붓끝을 가다듬지도 않고 그대로 왼쪽으로 가져가 또 하나 선을 그었다.

힘을 너무 준 데다가 먹을 너무 많이 묻힌 탓에 금세 종이에 먹이 번지더니, 애써 글자를 쓴 곳이 온통 새까만 먹으로 진창이 돼버렸다. —— 방 안으로 비쳐드는 햇살은 더더욱 밝아진다.

어머니는 "아유, 어쩌면 좋아!" 하고 즐겁다는 듯이 웃었다.

"이게 뭐니? 이건 글자가 아냐. 자, 한 번 더. 방금 건 틀렸어. 오른쪽부터가 아니고 왼쪽부터야. 이쪽 선부터. 자, 해봐."

종이 밑에는 여섯 개의 선이 그어진 받침이 있었다. 붓을 쥐고서 눈도 깜빡이지 않고 선명히 그어진 사각형을 바라보고 있는데, 나도 모르게 그만 손이 움직이더니 또 오른쪽에 먼저 붓이 간다. 덜컥 놀랄 새도 없이, 나는 이번에도 오른쪽부터 쓰기 시작하고 말았다.

뒤에서 가만히 들여다보던 어머니는 말없이 어깨 너머로 내 손을 잡았다. 그리고 힘을 주어, 조금 전 그 말이 또다시 들려올 것만 같이 또박또박 정해진 순서대로 다시 한 번 'い(이)'를 썼다. 그리고 딱 한마디를 말했다.

"자."

나는 완전히 얼어붙어 가슴이 쿵쿵거리고 눈앞이 캄캄해졌다. 어머니의 기분이 나를 덮쳐누를 듯 무섭고 괴롭

고 무겁게 다가왔다. 어머니가 마음속으로 화가 나 있고, 왜 글자를 못 쓰는 거야, 바보같이, 하고 생각하고 있다는 게 느껴졌다. 글을 잘 쓰고 싶고 칭찬받고 싶지만, 붓이란 걸 도저히 감당할 수가 없다. 게다가 내 마음속에는 글자라는 것이 분명하게 와 닿지 않는다. 어머니가 써준 'い'라는 글자도 'い'라는 소리인 것은 틀림없지만, 내 눈에는 그저 한가운데가 구부러진, 게 집게발 모양의 막대 두 개로밖에 보이지 않는다. 어떻게 이것이 우리가 말하는 'い'란 말인가. 틀리면 안 되는 중요한 글자라고는 하지만, 가만히 보면 볼수록 이상하고 기괴하고 갈피를 잡을 수 없는 막대 두 개로 다가온다. 그런데다 이런 것도 제대로 못 쓰면 학교에는 절대 못 간다고 하지 않았는가. 아, 이렇게나 예쁜 옷이랑 신발이 생겼는데!

나는 눈물을 흘리면서 다짜고짜 그 이상한 'い'를 깔아뭉개듯 꾹, 꾹, 붓으로 짓이겨버렸다. 그때도 역시 나도 모르게 또 오른쪽부터 짓이겼다. 어머니가 등 뒤에서 내 옆으로 와서 앉더니 가만히 내 얼굴을 바라보았다.

쳐다보니, 어머니의 눈도 환한 햇빛 속에서 묘하게 반짝이고 있다.

"왜 그래? 유리야. 너 그렇게 바보니? 왜 'い' 하나를 제대로 못 쓰는 거야?"

창피하고 한심하다는 듯한 어머니의 가라앉은 목소리를 들으니 나는 참을 수가 없어졌다. 나는 붓을 종이 위에 내던지고 훌쩍훌쩍하다가 급기야는 큰 소리로 울음을 터뜨리고 말았다.

나는 바보와 거지가 세상에서 가장 싫고 창피한 거라고 생각했다. 이제 곧 학교에 가서 쓰게 될 글자가 아무래도 써지지 않는다. 글자를 못 쓰는 건 분명 바보일 거야. 나도 그런 바보였어, 그런 절망적인 기분이 들어 눈물이 그치지 않았다.

1906년의 봄, 아동심리학 같은 건 전혀 모르는 젊고 감정적인 어머니와 어리고 미숙한 딸은 방 안 따스한 햇볕 속에서 신의 미소 같은 눈물을 절절히 흘렸다.

서리 없는 땅에서 한가로이 아지랑이가 피어오른다.

참새가 동백나무 잎사귀를 흔드는 가냘픈 소리. 조금 있다 나는 툇마루로 나가 두 다리를 달랑거리며 걸터앉았다. 무릎에는 빨간 나무접시에 작고 동그란 비스킷이 서른 개 놓여 있다.

기둥에 머리를 기댄 나는 지쳐 넋을 잃은 채, 어렴풋이 행복한 기분으로 비스킷을 하나하나 앞니 사이로 정성껏 깨물었다.

(1924년)

장의기

아쿠타가와 류노스케

별채에서 전화를 걸고 나서 구깃구깃한 프록코트 소매를 신경쓰며 현관으로 나갔는데 아무도 없었다. 응접실을 들여다보니 부인이 검은 가문(家紋)이 새겨진 예복을 입은 누군가와 이야기를 나누고 있었다. 응접실과 서재 사이에는 조금 전까지 관 뒤에 세워져 있던 흰 병풍이 서 있다. 무슨 일인가 해서 서재로 가보니, 입구 쪽에 와쓰지 씨와 함께 두세 명이 모여 있었다. 서재 안에도 사람들이 많다. 마침 다들 선생의 마지막 얼굴을 보면서 헤어짐을 애석해하고 있을 때였다.

나는 오카다 군 뒤에 서서 내 차례가 오기를 기다렸다. 벌써 환해진 유리문 밖에는 서리를 맞지 않게 짚으로 감싸놓은 파초 몇 그루가 처마 옆에 나란히 서 있다. 서재에서 밤을 새울 때면* 언제나 이 파초가 어슴푸레한 어둠 속에서 가장 일찍 모습을 드러냈다. 그런 생각을 멍하니 하는 동안 사람들이 빠져나가, 나도 겨우 서재 안으로 들어갈 수 있었다.

서재 안에 전등이 켜져 있었는지 촛불이 켜져 있었는지는 기억나지 않는다. 하지만 왠지 바깥의 불빛만은 아니었던 것 같다. 나는 마음을 가다듬고 안으로 들어갔다. 오카다 군이 절하기를 기다렸다가 관 앞으로 걸어나갔다.

관 옆에는 마쓰네 씨가 서 있다. 오른손을 평평하게 펼쳐 맷돌을 가는 것처럼 움직이고 있다. 절을 하고 나면 차례대로 관 뒤를 돌아 밖으로 나가라는 신호일 것이다.

관은 시신을 눕히는 모양으로 되어 있다. 관이 놓인 받침대는 석 자밖에 안 된다. 옆에 서니 안이 내려다보인다. 안에는 '나무아미타불'이라고 쓰인 잘게 자른 종이가 눈처럼 흩뿌려져 있다. 선생의 얼굴은 빵이 반쯤 종이에 묻힌 채 조용히 눈을 감고 있다. 마치 밀랍으로 만든 가면 같은 느낌이다. 윤곽은 생전의 모습과 조금도 다르지 않다. 그렇지만 어딘가 다르다. 입술 색이 거무스름하고 안

* 소세키는 사망하기 전까지 살던 와세다 집의 서재에서 매주 목요일 제자들과 문학 토론을 벌이며 밤을 새우기도 했다.

색이 달라진 것 말고도 어딘가 다른 데가 있다. 나는 그 앞에서 거의 아무 감정도 없이 절을 했다. '이건 선생님이 아니야' 하는 마음이 강하게 일었다. (이건 처음부터 그랬다. 사실 나는 지금도 정말로 선생이 살아 있다는 느낌이 들어 견딜 수가 없다.) 나는 관 앞에서 일이 분쯤 서 있었다. 그리고 마쓰네 씨의 신호대로 뒷사람에게 자리를 내주고 서재 밖으로 나갔다.

그런데 밖으로 나오니 갑자기 또 선생의 얼굴이 보고 싶어졌다. 왠지 찬찬히 보고 온다는 걸 잊고 그냥 나온 듯한 기분이 들었다. 그리고 그것이 돌이킬 수 없는, 바보 같은 짓을 한 것 같은 생각이 들었다. 역시 한 번 더 갈까 하고 생각했다. 하지만 왠지 그게 부끄러웠다. 게다가 감정을 과장하고 있는 듯한 기분도 조금은 들었다. '이제 어쩔 수 없어.' —— 그렇게 생각하고 결국 단념했다. 그러자 무척 슬퍼졌다.

밖으로 나가니 마쓰오카가 "잘 뵙고 왔어?" 하고 물었다. "응" 하고 대답하면서도 거짓말을 한 것 같아 기분이 좋지 않았다.

아오야마의 장례식장에 가니 안개가 깨끗이 걷히고, 잎이 떨어진 벚꽃나무의 우듬지에 벌써 아침 햇살이 비치고 있었다. 올려다보니 벚꽃나무 가지가 마치 철망처럼 촘촘히 하늘을 휘감고 있었다. 우리는 그 밑에 새로 깔아 놓은 멍석 위를 걷다가 다 같이 몸을 뒤로 젖히며 “이제야 겨우 정신이 드는 것 같군” 하고 말했다.

장례식장은 소학교 교실과 절의 본당을 합쳐놓은 것 같은 건물이다. 둥근 기둥과 양쪽 유리창이 참으로 초라하다. 정면에는 한 단 높은 곳이 있는데, 그 위에는 주홍색으로 칠한 교쿠로쿠*가 세 개 놓여 있고, 그것이 그 아래 한쪽에 나란히 놓인 싸구려 의자와 묘한 대조를 이루고 있었다. “이 교쿠로쿠를 서재 의자로 하면 재밌겠군.” 나는 구메에게 이렇게 말했다. 구메는 교쿠로쿠의 다리를 만지면서 음, 하고 이도 저도 아닌 대답을 했다.

장례식장을 나와 입구의 휴게실로 돌아가보니, 모리타 씨, 스즈키 씨, 아베 씨가 벌써 와서, 활활 타는 화롯가에 모여 신문을 읽거나 잡담을 나누고 있었다. 신문에 실린 선생의 일화나 사람들의 추억이 이따금 이야깃거리가 되었다. 나는 와쓰지 씨가 준 아사히 담배를 피우며 화롯가에 발을 올려놓고, 젖은 구두에서 김이 모락모락 솟아오르는 모습을 멍하니 마치 어디 먼 곳이라도 보는 듯이 바

* 죽은 이를 공양할 때 승려가 앉는 의자.

라보았다. 왠지 마음속 어딘가에 구멍이 뚫린 것 같은 기분이 들어서 견딜 수가 없었다.

그러는 사이에 장례식 시간이 다가왔다. "슬슬 안내하러 가야지." 성질 급한 아카기 군이 신문을 던지며 '가야지'에 독특한 억양을 붙여 말했다. 그러자 다들 줄줄이 휴게실을 나가서 입구 양쪽에 마련된 안내소로 제각기 걸어갔다. 마쓰우라 군, 에구치 군, 오카 군이 이쪽 안내를 맡는다. 건너편에는 와쓰지 씨, 아카기 군, 구메의 얼굴이 보인다. 또 아사히 신문사 사람이 양쪽에 한 명씩 가서 도와주었다.

드디어 운구차가 왔다. 이어서 일반인들이 드문드문 들어오기 시작했다. 휴게실 쪽을 보니 사람들이 꽤 많았고, 그 속에 고미야 씨와 노가미 씨의 얼굴이 보였다. 프록코트 위에 중폭* 넓이의 흰 무명천을 약장수처럼 걸친 사람이 있었는데, 미야자키 도라노스케 씨**였다.

처음에는 시간도 시간이지만, 전날 신문에 장례 시간이 잘못 실리는 바람에 조문객이 생각보다 적겠구나 싶었는데, 전혀 그렇지 않았다. 꾸물대고 있다가는 조문객의 주소를 장부에 써넣지도 못한다. 나는 사람들의 명함을 받

* 약 45센티미터의 넓이.
** 20세기 초 자신을 메시아로 자칭하여 세간의 화제가 된 종교인.

느라 정신없이 바빴다.

그때 어디선가 "죽음은 엄숙하다"라고 하는 소리가 들렸다. 나는 깜짝 놀랐다. 이런 때 마치 연극이라도 하는 것처럼 저렇게 말하는 사람이 우리 중에 있을 리가 없다. 휴게실 쪽을 보니 조금 전의 미야자키 도라노스케 씨가 의자 위에 올라가 전도 연설을 하고 있었다. 나는 조금 언짢았다. 하지만 워낙에 그 사람다운 행동이었기에 더 이상 화가 나지 않았다. 접객 담당자가 말렸지만 그만둘 생각이 없어 보였다. 언제나처럼 오른손을 크게 휘두르며 죽음은 엄숙하다는 둥 그런 말을 했다.

하지만 그것도 금방 그쳤다. 조문객들은 모두 안내를 받아 장례식장으로 들어갔다. 장례식이 시작된 것이다. 이제는 안내소에 오는 사람도 별로 없다. 그래서 장부와 부의금을 정리하고 있으니, 맞은편 안내소에 있던 동료들이 줄줄이 다가왔다. 맨 앞에 서 있는 아카기 군이 무슨 일인지 계속 화를 내고 있었다. 무슨 일인지 들어보니, 안내소에 있는 사람은 장례식이 끝날 때까지 계속 거기에 남아 있어야 한다고 누가 말했다는 것이다. 당연히 화가 날 만한 일이라 나도 덩달아 화를 냈다. 그리고 다들 안내소를 닫고 장례식장에 들어갔다.

정면 높은 곳에 있던 교쿠로쿠는 그새 하나만 남아 있

고, 거기에는 소엔 노스님이 저편을 바라보며 앉아 있었다. 그 양옆에는 여러 악기를 든 승려들이 한 줄로 나란히 서 있었다. 안쪽에는 관이 있을 것이다.

'나쓰메 긴노스케*의 관'이라고 쓰인 깃발 아랫부분만 보인다. 어두침침하고, 향에서 연기가 피어날 뿐, 그것 말고는 뭐가 있는지 분명하지 않다. 그저 흰 국화 화환이 그 속에 수북이 쌓여 있다. —— 장례식은 이미 독경이 시작되고 있었다.

나는 장례식장에 있는데도 슬픈 기분이 들지 않았다. 그런 기분이 들기에는 형식이 너무 거창하고, 모든 것이 지나치게 과장되어 있다. —— 그런 생각을 하면서 태연하게 소엔 스님의 법어를 듣고 있었다. 그래서 마쓰우라 군이 우는 소리를 들었을 때도 처음에는 누가 웃고 있는 게 아닌가 하고 의심했을 정도다.

그런데 식이 점점 진행되면서 오미야 씨가 신로쿠 씨와 함께 조문을 들고 관 앞으로 나가는 모습을 보는데, 갑자기 눈 안쪽이 뜨거워졌다. 내 왼쪽에는 고토 스에오 군이 서 있었다. 오른쪽에는 고등학교의 무라타 선생이 앉아 있었다. 나는 왠지 울면 체면이 안 설 것 같은 기분이 들

* 나쓰메 소세키의 본명.

었다. 그런데 눈물은 점점 더 흘러내릴 것 같았다. 내 뒤에 구메가 서 있다는 걸 알았다. 혹시라도 그쪽을 보면 좀 나아질지도 모른다는 생각에 나는 도움을 청하는 듯한 심정으로 뒤를 돌아보았다. 그때 구메의 눈이 보였다. 그런데 그 눈에도 눈물이 가득 고여 있었다. 나는 결국 더는 견딜 수가 없어 울고 말았다. 옆에 있던 고토 군이 이상하다는 듯한 얼굴로 나를 바라보던 것이 지금도 생생히 기억난다.

그 후 뭐가 어떻게 되었는지는 전혀 생각나지 않는다. 그저 구메가 내 팔을 붙잡고 "이봐, 저쪽으로 가자" 하고 말한 것만 기억이 난다. 눈물을 닦고 눈을 떠보니 내 앞에 쓰레기장이 있었다. 아마 장례식장과 어느 집의 중간쯤에 와 있었던 모양이다. 쓰레기장에는 달걀 껍질 서너 개가 버려져 있었다.

조금 있다 구메와 장례식장에 돌아가보니 이미 조문객 대부분이 가버린 뒤여서 넓은 건물 안은 휑하니 비어 있었다. 그리고 그 안에는 먼지 냄새와 향냄새가 숨이 막힐 듯이 뒤섞여 있었다. 우리는 아베 씨 다음에 분향을 했다. 그러자 또 눈물이 났다.

밖으로 나오니, 심통이 난 해가 온통 서리 녹은 땅을 비추고 있다. 그 햇살 속을 가로질러 건너편 휴게실로 가니 누가 메밀만두를 먹으라고 했다. 나는 배가 고파 덥석 하나를 집어 입에 넣었다. 그때 마쓰우라 선생이 와서, 유골을 항아리에 넣는 일인지 뭔지로 내게 말을 걸었던 것 같다. 햇살도 메밀만두도 신경에 거슬렸던 참이어서 분명 꽤 무례하게 대답했을 것이다. 선생은 할 수 없다는 듯한 얼굴로 돌아간 모양이다. 지금 그때 일을 생각하니 참으로 죄송스럽다.

눈물을 흘리고 나니 왠지 맥이 풀린 듯한 피로만 남았다. 조문객들의 명함을 묶어 다발로 만들었다. 조전(弔電)과 숙소가 적힌 종이를 한데 합쳤다. 그리고 장례식장 밖 길가에서 운구차가 화장장으로 가는 것을 지켜보았다.

그 후는 그저 머리가 멍하고 졸린다는 것 말고는 아무것도 생각할 수 없었다.

(1917년)

아쿠타가와 류노스케 (芥川龍之介) 1892~1927

소설가. 〈라쇼몬〉, 〈코〉, 〈지옥변〉, 〈덤불 속〉 등 수많은 걸작 단편을 남겼다. 도쿄대학 재학 중 나쓰메 소세키의 문하로 들어가 쓴 단편 〈코〉가 소세키의 극찬을 받으며 문단에 이름을 알리게 되었다. 삶에 대한 회의, 미래에 대한 불안, 잦은 발병 등으로 인해 서른다섯 살에 스스로 생을 마감했다. 1935년에 그의 업적을 기려 아쿠타가와 상이 제정되었다.

나쓰메 소세키와 아쿠타가와의 인연은 1년 정도로 짧았지만, 소세키는 처음부터 아쿠타가와의 문학적 재능을 알아보고 진심으로 재능을 북돋아주었다. 아쿠타가와는 소세키가 작고한 뒤로도 오랫동안 선생을 그리워하며 그에 관한 글을 썼다.

소세키 산방*의 가을

아쿠타가와 류노스케

쌀쌀한 가을밤 좁은 비탈길을 올라가면, 허름한 널빤지 지붕을 덮은 대문 앞이 나온다. 문에는 전등이 켜져 있지만, 기둥에 걸어놓은 문패 같은 것은 있는지 없는지조차도 알 수 없다. 문 안으로 들어가면 자갈이 깔려 있고, 그 자갈 위로 정원수의 낙엽이 여기저기 흩어져 있다.

자갈과 낙엽을 밟으며 현관으로 가면, 거기도 역시 허름한 격자문 외에는, 벽이라 하기도 그렇고, 널벽이라 하기도 그런 것이 온통 덩굴로 뒤덮여 있다. 그래서 안내를

* 1916년 세상을 떠날 때까지 소세키가 약 10년간 살던 와세다 집의 서재로, 작품 대부분이 여기서 집필되었다. 현재 도쿄의 〈소세키 산방 기념관〉으로 당시 서재 모습 그대로 복원되어 있다.

청하려고 하면, 먼저 그 마른 덩굴 이파리를 바스락거리며 벨 버튼을 찾아야 한다. 그래도 겨우 벨을 찾아 누르면, 불빛이 비치는 장지문이 열리며, 머리를 묶은 하녀 한 명이 곧바로 격자문의 빗장을 빼준다. 현관 동쪽에는 복도가 있고, 그 복도의 난간 바깥에는 겨울을 모르는 속새풀의 색이 온통 정원을 메우고 있는데, 객실 유리문에서 새어 나오는 전등 불빛도 지금은 거기까지는 비추고 있지 않다. 아니, 오히려 그 빛이 비치는 바람에, 맞은편 처마 끝에 매단 풍경(風磬)의 그림자마저 짙어진 땅거미 속으로 숨어들었을 정도이다.

유리문으로 객실을 들여다보면, 빗물이 샌 흔적과 쥐가 파먹은 구멍이 흰 종이를 바른 천장에 아직도 얼룩덜룩 남아 있다. 그래도 다다미 열 장 크기의 방에는 다섯 마리 학이 그려진 붉은 카펫이 깔려 있어 다다미가 낡은 것이 눈에 띄게 두드러지지는 않는다. 이 객실의 서쪽(현관 옆)에는 사라사 무늬의 당지 바른 장지가 두 개 있고, 그 중 하나에 고풍스러운 그림이 한 장 걸려 있다. 삼베 천에 노란 백합 같은 꽃을 수놓은 것은 쓰다 세이후 씨의 도안 같다. 이 장지의 양쪽 벽에는 그다지 고급스럽지 않은 유리문이 달린 책장이 있고, 선반마다 서양 서적으로 가득 채워져 있다. 그리고 복도를 접한 남쪽에는 살풍경한 철제 격자문의 서양식 창 앞에 커다란 자단 책상이 놓여 있고, 그 위에 벼루나 펜꽂이가 종이와 법첩과 함께 의외로 가지런히 놓여 있다. 그 창을 제외한 남쪽 벽과 맞은편 북쪽 벽에는 늘 족자가 걸려 있었다. 요시다 조타쿠*의 대나무 묵화가 황싱**의 '문장천고사(文章千古事)'와 인사를 하고 있을 때도 있다. 모쿠안 쇼토***의 족자 '화개만국춘(花開万國春)'이 우창쉬****의 목련 그림과 머리를 맞대고 있을 때도 있다. 객실을 꾸미고 있는 서화는 단지 그것만이 아니다. 서쪽 벽에는 야스이 소타로의 풍경 유화, 동쪽 벽에는 사이토 요리 씨의 풀꽃 유화, 그리고 북쪽 벽에는 메이게쓰 선승이 쓴 '무현금(無絃琴)' 초서가 전부 하나하나 액자로 걸려 있다. 그 액자 아래나 족자 앞에, 때로는 구리 꽃병에 감탕나무 가지가, 때로는 청자에 국화꽃이 그때그때 꽂혀 있는 것은 물론 사모님의 취향일 것이다.

만약 먼저 온 손님이 없다면, 이 서재를 들여다본 눈을 다시 옆방으로 돌려야 한다. 옆방이라고 해도 서재 동쪽에는 장지고 뭐고 아무것도 없기 때문에 사실은 방 하나

* 18세기 때 남화가.

** 중국의 혁명가.

*** 에도 시대 때 중국 명나라에서 일본으로 건너간 황벽종 승려.

**** 중국 청나라 말기의 서화가.

나 마찬가지인 셈이다. 다만 여기는 마룻바닥으로, 가운데에 낡은 카펫이 깔린 것 말고는 다다미 한 장 깔려 있지 않다. 그리고 동쪽과 북쪽 벽에는 일본과 중국, 서양 서적이 가득 꽂힌 아주 큰 책장이 놓여 있다. 그래도 책이 다 꽂히지 않는지, 바로 밑의 마룻바닥에 쌓여 있는 양도 적지 않다. 남쪽 창가에 놓아둔 책상 위에도 두루마리 그림이며 법첩이며 화집 등이 어지럽게 수북이 쌓여 있다. 그래서 가운데에 깔아놓은 낡은 카펫도 사방에 널려 있는 책들 덕분에 화려한 붉은색이 조금밖에 눈에 띄지 않는다. 그리고 그 한복판에는 작은 자단 책상이 놓여 있고, 그 책상 맞은편에는 방석이 두 장 겹쳐져 있다. 구리 도장이 한 개, 돌 도장이 두세 개, 펜 접시 대신으로 쓰던 찻잎 스푼, 그 안에 만년필, 그리고 옥으로 만든 문진을 올려놓은 원고지 한 묶음. 책상 위에는 그 밖에 노안경이 놓여 있을 때도 종종 있다. 그 바로 위에는 전등이 환하게 빛을 비추고 있다. 옆에는 도자기 화로 위에 쇠 주전자가 벌레 울음소리처럼 보글보글 끓고 있다. 만약 늦가을 추위가 심해지면, 조금 떨어진 가스난로에도 빨갛게 불꽃이 일렁인다. 그리고 그 책상 맞은편, 두 장을 겹쳐 놓은 방석 위에는, 어딘지 모르게 사자를 연상케 하는, 키 작은 반백의 노인이, 때로는 편지 위에 붓을 놀리기도 하고, 때로는 중국의 시집을 뒤적이면서, 단정히 홀로 앉아 있다.
……

소세키 산방의 가을밤은 그렇게 고요하고 쓸쓸한 것이었다.

(1920년)

소세키 산방의 겨울

아쿠타가와 류노스케

나는 나이 어린 W군과 옛 친구 M*의 안내를 받아 오랜만에 선생의 서재에 들어갔다.

서재는 이곳에 새로 만들어진 뒤로 별이 전혀 들지 않았다. 다섯 마리 학이 그려진 중국 카펫도 어느새 꽤 색이 바랬다. 원래는 응접실과 붙어 있던, 사라사 무늬의 당지 바른 장지가 있던 곳도 지금은 선생의 사진이 놓인 불단으로 바뀌어 있었다.

하지만 그것 말고는 변한 게 없다. 서양 책들이 빼곡한 책장도 있다. '무현금' 액자도 있다. 선생이 매일 원고를 쓰

* 마쓰오카 유즈루. 소세키 사망 후 그의 장녀 후데코와 결혼한다.

던 작은 자단나무 책상도 있다. 가스난로도 있다. 병풍도 있다. 툇마루 밖에는 파초도 있다. 처마 위를 뒤덮은 파초 잎사귀 뒤쪽에는 커다란 꽃도 썩어 있다. 구리 도장도 있다. 도자기 화로도 있다. 천장에는 쥐가 갉아 먹은 구멍까지…….

나는 천장을 올려다보며 혼잣말처럼 중얼거렸다.

"천장은 다시 바르지 않았나 보군."

"다시 바른 거야. 쥐들한테는 당할 수가 없어."

M은 기분 좋다는 듯 웃었다.

11월의 어느 날 밤이다. 이 서재에 손님이 세 명 있었다. 손님 중 하나는 O군이다. O군은 와타누키 효이치로라는 필명을 쓰는 대학생이었다. 나머지 두 사람도 대학생이다. 그날 밤 O군이 선생에게 처음으로 소개한 사람들이었다. 그중 한 명은 하카마를 입고, 다른 한 명은 교복을 입고 있다. 선생은 세 명의 손님에게 이런 이야기를 했다.

"나는 평생 만세를 불러본 적이 세 번밖에 없네. 첫 번째는……, 두 번째는……, 세 번째는……."

교복을 입은 대학생은 무릎이 시려 내내 떨고 있었다.

그 교복을 입은 학생이 나였다. 또 한 명의 대학생, 하카마를 입은 사람은 K다. K는 어떤 사건 때문에 선생이 작고한 뒤로는 찾아오지 않게 되었다. 옛 친구인 M과도 절교해버렸다. 온 세상이 다 아는 일일 것이다.*

또 10월의 어느 날 밤이다. 나는 혼자 이 서재에서 선생과 마주 앉아 있었다. 내 인생 상담이 이야깃거리였다. 글을 팔아서 입에 풀칠을 하는 것도 좋다. 하지만 글을 사는 쪽은 장사꾼이다. 일일이 주문하는 대로 떠맡다가는 배겨 낼 수가 없다. 가난 때문이라면 어쩔 수 없겠지만, 삼가야 할 것은 글을 함부로 많이 쓰는 것이다. 선생은 그러면서 "자네는 아직 젊으니까 그런 걱정은 하지 않겠지. 이건 내가 자네 대신 생각해보면 그렇다는 말일세" 하고 말했다. 나는 지금도 그때 선생이 지은 미소를 기억한다. 어두운 처마 끝에서 살랑거리던 파초 잎도 기억한다. 하지만 선생의 훈계에 충실했다고 단언할 자신은 없다.

또 12월의 어느 밤이다. 나는 여느 때처럼 이 서재에서 가스난로를 쬐고 있었다. 선생의 부인과 M도 함께 앉아 있었다. 선생은 이미 작고한 뒤였다. 부인은 M과 나에게 선생에 관한 이런저런 이야기를 해주었다. 선생은 저 작은 책상에서 원고를 쓰면서 마룻바닥에서 새어드는 바람 때문에 애를 먹었다고 한다. 하지만 선생은 자랑스럽게 말

* K(구메 마사오)는 소세키의 장녀 후데코를 연모했지만, 후데코는 마쓰오카 유즈루와 결혼했다. 그 후 구메는 한동안 마쓰오카와 절교했지만 나중에 화해한다.

하곤 했다.

"교토에서 다도인(茶道人)들의 집과 비교해보게. 천장이 구멍투성이이긴 해도 어쨌든 내 서재는 웅대하거든."

구멍은 지금도 여전히 뚫려 있다. 선생이 작고한 지 7년이나 지난 지금도…….

그때 나이 어린 W군의 말이 내 추억을 깨뜨렸다.

"옛날 종이로 만든 책은 좀먹지 않나요?"

"맞아요. 그것도 걱정입니다."

M은 높은 책장 앞으로 W군을 안내했다.

30분 뒤, 나는 먼지바람을 맞으며 W군과 동네를 걷고 있었다.

"그 서재, 겨울엔 추웠겠죠?"

W군은 굵은 지팡이를 휘두르며 내게 말을 걸었다. 그 말과 동시에 나는 마음속에 그곳을 또렷이 떠올렸다. 그 고요하고 쓸쓸한 선생의 서재를.

"추웠겠지."

나는 뭔지 모를 감정이 북받쳐 오르는 것을 의식했다. 몇 분인가 침묵이 흐르고, W군은 또 말을 걸었다.

"근데 스에쓰구 헤이조* 말인데요. 이국고주인장**을 살펴보니까 1604년 8월 26일에도 쇼군 도장을 받았던데……."

나는 말없이 계속 걸었다. 눈앞에서 불어오는 먼지바람 속에서 W군의 경박함을 미워하면서.

(1923년)

* 에도 시대 초의 무역 상인.

** 남양 군도를 항해하던 일본 선박에 발급한 장부.

나쓰메 소세키 선생의 일화

아쿠타가와 류노스케

목요회

1912년 무렵, 우리, 그러니까 나와 구메 군, 마쓰오카 군, 지금 도호쿠 제국대학에서 가르치고 있는 고미야 도요타카 선생, 노가미 규센 선생 등은 나쓰메 선생 댁을 자주 들락날락했습니다. 자주라고는 해도 일주일에 한 번, 목요일 밤에 모이기로 했는데, '목요회'라는 이름은 누가 붙였는지 확실치 않습니다. 선생의 집은 현관을 지나면 거실이었고, 그 옆이 응접실, 그 안쪽이 선생의 서재로, 서재는 다다미방이 아니라 마루 위에 카펫이 깔린 다다미 열 장 정도 크기의 방이었는데, 선생은 카펫 위에 방석을 깔고 책상 앞에 앉아 원고를 썼습니다. 그 서재는 선생의 자랑거리 중 하나였는데, 언젠가 선생이 이런 말을 한 적이 있습니다.

"얼마 전 교토에 갔을 때 여러 찻집에 가봤지만, 그런 찻집보다는 내 서재가 훨씬 웅대하고 멋지지……."

우리의 목요회는 언제나 이 서재에서 열렸습니다. 선생이 말하는 서재의 웅대함이 무엇인지 나는 잘 알 수 없었습니다. 천장에는 쥐구멍이 나 있고 군데군데 쥐 오줌 자국도 보이고, 서재에는 창 하나가 높이 나 있는데, 그 높은 창에는 감방이나 정신병원 창문에나 달려 있을 법한 튼튼한 쇠창살이 격자로 달려 있었습니다. 무슨 생각으로 선생이 그런 튼튼한 쇠창살을 달았는지 나는 지금도 의문스럽습니다.

그 서재에서 우리는 선생을 둘러싸고 앉아 밤을 새우곤 했습니다. "이제 늦었으니 그만 돌아가게" 하고 선생이 말하면 그제야 자리에서 일어났습니다. 선생의 집은 와세다 미나미초에 있었는데, 지금은 선생의 집터에 큰 집들이며 높은 누각이 들어서 있지만, 그때는 집을 나서면 길 건너편에는 의사가 사는 집이 있고, 그 옆에는 작은 도랑이 있었습니다. 밤이 이슥한 시각에 선생의 집을 나오면 우리는 꼭 그 도랑가에 서서 소변을 보았습니다. 희한하게도 누구 한 사람이 소변을 보면 다들 따라 했습니다. 지금은 대학교수인 고미야 선생도, 노가미 선생도 서서 소변을 보았습니다. 어느 날 밤, 나와 구메 군이 조금 늦게 밖으로 나가 도랑에 가서 고미야 선생과 노가미 선생과 함께 서서 소변을 보는데, 고미야 선생이 "요새 뒤쪽에 흰머리가 드문드문 생겼어" 하고 말하자, 노가미 선생도 "나도 있어" 하고 말하는 걸 들은 적이 있습니다.

목요회에서는 여러 가지 이야기들이 나왔습니다. 고미야 선생은 선생에게 대드는 일이 많아서 나이 어린 우리가 볼 때는 가슴이 조마조마했습니다. 언젠가 여느 때처럼 밤을 새우고 선생의 집을 나와 서서 소변을 보다가 고미야 선생에게 "그렇게 선생님한테 대들어도 됩니까?" 하고 물으니, 고미야 선생이 말했습니다. "선생님은 우리가 덤벼들면 한 손으로 잡고 처음엔 살살 다루다가 마지막에는 멧돼지가 토끼를 낚아채듯이 우리를 상대하는데, 그게 정말 능숙하거든. 그걸 즐기시니까 자네들도 계속 대들어봐……." 그래서 우리도 그때부터 가끔씩 선생에게 대들게 되었습니다.

국치

선생의 서재는 선생의 자랑거리 중 하나였음에도 불구

하고 이런 일이 있었습니다.

어느 날 미국 여성(좀 더 존중해서 말하면 부인) 두 명이 선생을 방문하고 싶다는 요청을 한 적이 있습니다. 그 여성들은 관광단인지 뭔지로 일본에 왔는데, 문학자까지는 아니지만 시 같은 걸 즐겨 읽는 여성들인 것 같았습니다. 그리고 당연하겠지만 영어로 방문 신청 편지를 써서 선생에게 보낸 것입니다. 선생은 그 방문을 거절했습니다. 거절 편지 역시 영문으로 써서 보냈는데, 선생은 소설 한 편 쓰는 것보다 더 힘들었다고 말했습니다.

미국 여성들의 방문을 거절한 것이 매우 의아해서 나는 주저주저하며 선생에게 물었습니다.

"미국 여성이 일부러 만나고 싶다는데 왜 거절하셨습니까?"

그러자 선생이 말했습니다.

"나쓰메 소세키라는 사람이 이렇게 쥐가 오줌 싼 자국이 묻은 지저분한 서재에서 산다는 걸 그 사람들한테 보여줄 수가 있겠나. 미국에 돌아가서, 일본 문학자들은 참 비참해, 하고 사람들한테 떠벌리고 다녀 봐, 나라의 수치야" 하고 굳은 표정을 지었습니다. 선생은 참으로 이런 면이 많았던 사람입니다.

대중목욕탕

선생은 자주 대중목욕탕에 갔습니다. 어느 날 선생이 세면장에서 비누로 몸을 씻고 있는데, 옆자리의 어떤 건장한 남자가 뜨거운 물을 연신 몸에 끼얹는 바람에, 뒤에 쪼그리고 앉은 선생의 머리 위로 물보라가 사정없이 튀었습니다. 버럭 역정을 잘 내는 성격인 선생은 화가 치밀어 고래고래 고함을 지르며 "아니, 이 바보 같은 놈이!" 하고 호통을 쳤습니다. 호통을 친 것까지는 좋았는데, 금세 이 남자가 자기에게 달려들면 어쩌나 하고 겁이 나서 살짝 주춤했다고 합니다. 그래도 선생의 표정이 어지간히 험상궂었던지 그 남자는 순순히 "죄송합니다" 하며 사과했다고 합니다. "다행히 살았다니까" 하고 선생은 정말로 다행이라는 듯이 말했습니다.

시작(詩作)

선생은 버럭 화를 잘 내는 성격으로 정말 유명했는데, 특히 위가 아픈 날에는 더 심했습니다. 평소에도 작업 중일 때는 책상 앞에 똑바로 앉아 까탈스러운 얼굴을 하고 있었는데, 대개 아침 9시쯤 시작해 오전 동안 글을 썼습니다. 작업에 가장 몰두했을 때가 《행인》과 《명암》을 집필하던 시기였는데, 아침 9시부터 저녁 6시쯤까지 꼼짝도 하지 않고 글을 쓸 때도 꽤 있었습니다. 하지만 그런 경우는 예외였고, 주로 오후에는 글쓰기를 멈추고 시를 짓는데 심취했습니다. 시라고 해도 신체시가 아니라 한시입니다. 한시라는 건 나 같은 사람은 전혀 모르지만, 운(韻)이라고 하는 어려운 규칙이 있어서 아주 까다로운데, 나쓰메 선생도 시를 짓는 게 무척이나 괴로웠던 모양인지 으음, 으음 하고 신음소리를 내며, 칠언절구나 오언절구를 한두 편씩 지었습니다. 그렇게 시를 한창 짓고 있을 때면 선생은 도저히 옆에 다가가지도 못할 만큼 까탈스러운 얼굴을 하고 있었습니다.

시가 군과 선생

처음 선생을 찾아뵈었던 날, 나는 가슴이 쿵쿵 울리고 무릎이 바들바들 떨렸습니다. 그런데 어느 날 선배인 시가 나오야 군이 선생을 처음 찾아뵙게 되었는데, 역시 선생의 서재에 들어가게 되었습니다. 선생은 책상 옆에 놓인 방석 위에 엄숙한 모습으로, 자 언제든지 덤벼봐 하는 듯한 자세를 잡고, 선승이 좌선할 때처럼 차분히 앉아 있었습니다. 시가 군은 도저히 말을 붙일 엄두도 못 내고 묵묵히 선생 앞에 앉아 있는데, 점점 무릎이 덜덜 떨려오기 시작하면서 안절부절못하고 있었습니다. 그런데 그때, 파리 한 마리가 날아와 선생의 코 옆에 앉았습니다. 선생이 그 파리를 쫓으려고 손을 들어올리기만 했다면 시가 군도 한숨 돌렸을 텐데, 선생은 여전히 엄숙한 자세 그대로 고개만 한번 세차게 흔들어 그 파리를 쫓아내기만 하는 바람에, 시가 군은 점점 더 힘들어서 어쩔 줄을 몰라 했다는 말을 들었습니다. 그때 시가 군이 어지간히 덜덜 떨었던 모양인지, 그가 돌아간 후 선생의 부인이 "저분은 심장병인가 뭔가가 있나 봐요" 하고 말했다고 합니다.

검속(檢束)*

선생의 집은 와세다 미나미초에 있었는데 어느 날 밤, 집 근처에서 불이 났습니다. 마침 그 불 난 마을을 지나서 집으로 가던 길에 선생은 그만 비상선에 둘러싸이고 말았습니다. 하지만 그런 것에는 전혀 아랑곳하지 않는 선생은 슬슬 걸어가다가 그만 비상선에 걸리고 말았습니다.

* 옛날에 공공의 안전을 위태롭게 하거나 죄를 지을 염려가 있는 사람을 경찰이 잠시 가두던 일.

순사가 위협적인 목소리로 "어디서 왔어?" 하고 물었습니다. 그래서 선생은 "처음에는 이쪽(선생의 집 쪽)에서 왔는데, 방금은 저쪽(불이 난 쪽)에서 왔소" 하고 선생답게 꽤나 논리적으로 대답했습니다. 애초에 그런 논리적인 것을 알 리가 없는 순사는 매우 수상쩍은 놈이라는 듯이 선생을 노려보더니 곧바로 선생을 검속하여, 길가에 있는 나무둥치를 가리키며 "저기 가서 앉아 있어!" 하고는 다시 황급히 돌아갔습니다. 그런데 조금 있으니 순사가 또 한 사람을 붙잡아 끌고 왔습니다. 순사는 갑자기 "당신은 이제 가도 돼" 하고 선생을 째려보며 말했습니다. 그런데 그대로 그 자리를 떠나기가 아쉬웠던 선생은 어떻게든 그날 하룻밤만 경찰서 감방에서 지내보고 싶은 마음에 "저 말고 다른 사람이 와서 절 보내주는 겁니까? 여기 조금만 더 있으면 안 될까요?" 하고 말했습니다. 그러자 순사가 단단히 화가 난 얼굴로 "쓸데없는 소리 그만하고 어서 가!" 하고 고함을 지르는 바람에 할 수 없이 집에 돌아왔다는 이야기도 있습니다.

선종 승려

어느 선사(禪寺)에 고화(古畫)와 기물(器物) 등의 국보가 있다는 걸 알고 선생은 어느 날 굳이 인력거를 타고 그 절에 갔습니다. 한시라도 빨리 국보를 보고 싶은 마음에 신발 끈을 풀고 있는데, 안내하는 승려가 몸을 구부리고 있는 선생 머리 위에다 큰 소리로 "왜 신발 끈을 풀고 있는 건가? 누가 너한테 들어가라고 했나?" 하고 꾸짖었습니다. 선생은, 그 말은 맞지, 하고 생각해 조금 머뭇머뭇하며 고개를 드는데, 그 순간 승려가 병풍 뒤로 몸을 휘리릭 감추었습니다. 꾸지람을 들은 선생이 뭔가 한마디하려 한다는 걸 알아차리고 병풍 뒤로 몸을 숨기는 걸 보고는, 과연 선승이로구나, 하고 내심 감탄하며 그대로 신발 끈을 묶고 돌아가려는데, 불쑥 병풍 뒤에서 승려가 나타나더니 "화도 안 내고 돌아가다니, 감동, 감동" 하며 크게 칭찬했다고 합니다. 그런데 선생은 '병풍 뒤에 숨은 것까지는 좋았는데, 나중에 감동, 감동, 하는 걸 보니 아직 풋내기군. 저러니까 아직도 문간에서 절이나 지키고 있지' 하고 생각했다고 합니다.

여자

어떤 사람이 선생에게 "선생님 같은 분도 여자한테 반하는 일이 있습니까?" 하고 묻자, 선생이 잠시 아무 말 없이 그 사람을 쏘아보더니, "곰보라고 무시하지 마!"*라고 했다는 이야기를 얼마 전 어느 친구에게서 들었습니다.

나쓰메 선생

마사오카 시키가 《묵즙일적》인가 어딘가에, 선생과 함께 와세다 주변의 논을 산책하고 있었을 때, 소세키가 벼를 모르는 걸 보고 놀랐다는 이야기가 있습니다. 선생에게 그 이야기를 한 적이 있습니다. 그랬더니 선생이 말하기를, 아니, 논에 심어놓은 것에서 쌀이 난다는 거야 나도 알고 있지, 논에 심어놓은 게 벼라는 것도 알고 있고, 다만, 나는 벼 — 내 눈앞에 있는 그 벼와 쌀의 결합을 몰랐을 뿐이야, 마사오카는 거기까지는 논리적으로 생각하지 못한 거야, 하고 잘난 척을 하셨습니다.

(1927년)

* 소세키는 어릴 때 얼굴에 생긴 천연두 자국에 열등감을 가졌다고 한다. 시키에게 보낸 편지에 우스갯소리로 자신을 '데코보코(울퉁불퉁)'라고 칭하기도 했다.

나쓰메 소세키 선생의 추억

데라다 도라히코

구마모토 제5고등학교 시절, 2학년 학년말 시험이 끝났을 무렵의 일이다. 같은 현에 사는 학생들 중에 시험을 '망친' 학생이 두세 명 있었다. 그 학생들을 위해서, 말하자면 '점수를 달라고 할' 목적으로 각 과목의 담임선생 집에 찾아갈 위원을 뽑았는데, 다행인지 불행인지 나도 그중의 한 명으로 뽑혔다. 그때 나쓰메 선생의 영어 시험을 망친 학생이 내 친척 남자아이였는데, 집안이 가난해 남에게 학비를 원조 받고 있던 터라 혹시라도 낙제하게 되면 그 길로 학비 지급이 끊길 수도 있었다.

처음 찾아간 선생의 집은 시라카와 강가에 있는 후지사키 신사 근처의 한적한 동네였다. '점수를 달라고' 찾아오는 학생은 단호히 집 앞에서 내쫓아버리는 선생도 있었지만, 나쓰메 선생은 아무렇지도 않다는 듯 선선히 맞아주었다. 그리고 우리가 하나하나 우는소리를 늘어놓으면 말없이 들어주기는 했지만, 당연히 점수를 준다는 말도, 안 준다는 말도 하지 않았다. 어쨌든 위원으로서 맡은 바 중대한 사명을 다하고 이런저런 잡담을 주고받던 끝에, 나는 "하이쿠란 대체 어떤 것입니까?" 하고 참으로 바보 같은 질문을 던졌다. 선생이 예전부터 하이쿠 시인으로 유명하다는 걸 알고 있었고, 또 그 무렵 나도 하이쿠에 꽤 흥미가 생겼기 때문이다. 그때 선생이 들려준 말의 요점은 지금도 또렷이 인상에 남아 있다.

"하이쿠는 레토릭을 바짝 달인 것이다."

"부챗살이 모이는 손잡이처럼 한군데로 모이는 지점을 찍어 묘사한 다음, 거기서부터 퍼져가는 연상의 세계를 암시하는 것이다."

"꽃이 떨어져 눈과 같다, 이런 상투적인 묘사를 진부한 표현이라고 한다."

"가을바람 하얀 생나무 활에 줄을 당기네*, 이런 건 좋은 시구다."

* 17세기 시인 무카이 교라이가 지은 시구로 모리 오가이가 높이 평가한 구로 유명하다.

"아무리 애를 써도 하이쿠를 못 짓는 사람이 있는가 하면, 처음부터 뛰어난 사람도 있다."

그런 말을 들으니 나도 갑자기 하이쿠를 짓고 싶어졌다. 그래서 그해 여름방학 때 고향에 내려가 눈에 보이는 대로 쓸거리를 찾아서 2, 30구쯤 시를 지었다. 여름방학이 끝나고 9월에 구마모토에 도착하면, 곧바로 그걸 들고 선생을 찾아가 보여주었다. 그러면 그 다음번에 찾아갈 때 원고를 돌려받았는데, 짧은 평이나 비슷한 표현의 시구가 쓰여 있기도 하고 첨삭이 달려 있기도 하고 그중 두세 구 앞에는 ○나 ◎가 붙어 있을 때도 있었다*. 그때부터 하이쿠 짓기에 푹 빠진 나는 열심히 지어서 일주일에 두세 번이나 선생의 집에 들락거리게 되었다. 그때는 선생이 시라카와 강가에서 우치쓰보이로 이사한 뒤였다. 다쓰타 산 기슭에 있는 내 하숙집에서 꽤 멀었지만, 마치 연인이라도 만나러 가는 듯한 마음으로 다녔다. 동향의 지붕 없는 대문으로 쭉 끝까지 들어가면 현관의 섬돌이 놓여 있는데 비가 비스듬히 들이치면 몽땅 젖을 것만 같았다. 비가 오는 날은 진흙투성이의 발을 수건으로 박박 닦고 들어가는데, 그건 상관없지만 비단 방석 위에 앉으라고 할

* 좋은 하이쿠에 붙이는 동그라미 표시.

때는 주눅이 들었던 기억이 난다. 현관 왼편에 다다미 여섯 장 크기의 방이, 그 서쪽 옆에는 여덟 장 크기의 방이 있었는데, 두 방의 남쪽 툇마루 앞에는 뜰이 있었다. 거의 아무것도 심겨 있지 않은 평평한 뜰로, 앞쪽에는 대나무 울타리가 있고 그 너머로는 밭이었다. 울타리를 휘감은 나팔꽃 덩굴은 겨울이 되어도 여전히 바삭바삭한 채 매달려 있었다. 작은방은 보통 손님맞이 응접실로 쓰고, 큰방은 거실 겸 서재였던 것 같다. "나팔꽃이 수건걸이 위로 기어오르네"라는 선생의 하이쿠가 있었던 것 같다. 그 수건걸이는 작은방 앞 툇마루에 걸쳐져 있었다.

선생은 늘 검정 하오리*를 입고 단정히 무릎을 꿇고 앉아 있었다. 결혼한 지 얼마 안 된 젊은 부인이 가문(家紋)이 새겨진 검정 비단옷을 입고 현관에 나온 적도 있다. 시골 사람인 내 눈에 선생의 가정은 매우 단정하고 고상하게 비쳤다. 언제나 고급 생과자를 내주었다. 예쁘고 윤이 나는 홍백색의 떡 같은 것을, 선생이 좋아하는 모양인지 종종 내오게 하곤 했다. 내가 지은 하이쿠 원고를 가져가면, 선생은 자신의 원고와 함께 마사오카 시키에게 보내고, 시키가 그걸 첨삭해서 나중에 돌려주었다. 그리고 그

* 옷 위에 걸쳐 입는 짧은 겉옷.

중의 몇 구가 《닛폰》 신문의 제1면 맨 하단 왼쪽 구석의 하이쿠란에 실렸다. 나도 선생을 따라 그 신문을 잘라서 종이봉투 안에 모아두는 것을 낙으로 삼았다. 내가 쓴 글이 처음으로 활자가 되어 나온 게 기뻤다. 그 당시 나 말고도 선생에게 하이쿠를 배운 사람들 중에는 구리야가와 센코, 히라카와 소코, 후에 의학박사가 된 가모 시센 같은 사람들이 있었다. 그들과 함께 '운좌(運座)'*라는 것을 시작했는데, 처음에는 선생의 집에서 하다가 나중에는 다른 집을 빌려서 할 때도 있었다. 가끔은 선생과 단둘이 마주 앉아 시를 짓기도 했다. 그럴 때 선생은 너무도 선생다운 범상함을 뛰어넘는 기발한 시구를 연발하며 자신도 우스워서 킥킥 웃음을 터뜨리기도 했다.

언젠가 내가 선생의 집에 서생으로 들어와 살면 안 되느냐고 말을 꺼낸 적이 있다. 뒤쪽 창고라면 비어 있으니 와서 보라고 해서 가보니, 다다미는 다 벗겨져 있고 쓰레기투성이에 진짜 창고 같은 방이어서 완전히 실망해 그냥 돌아오고 말았다. 하지만 그때 "괜찮으니까 들어오겠습니다"라고 했다면 아마 다다미를 새로 깔아주었을 테지만, 그때의 나는 그런 용기가 없었다.

* 여럿이 모여 하나의 정해진 주제로 하이쿠를 짓고 그중에서 좋은 구를 뽑는 하이쿠 모임.

그 무렵 선생과 친한 동료 교사들 중에는 가노 고기치, 오쿠 타이치로, 야마카와 신지로 같은 사람들이 있었던 것 같다. 〈이백십일〉에 등장하는 사람이 오쿠 씨라는 것은 다 알려져 있는 것 같았다.

학교에서는 《어느 영국인 아편 중독자의 고백》*이나 《사일러스 마너》**를 배웠다. 마쓰야마 중학교에서는 매우 면밀한 방식으로 원문의 문장 하나하나를 해석했다고 하는데, 우리에게는 오히려 반대로 자신의 생각을 중심으로 가르쳤다. 선생은 그냥 문장을 줄줄 읽고 나서 "어떤가? 이해했나?" 하고 묻는 식이었다. 그런가 하면 문장 속의 한 구절과 관련한 여러 인용구를 칠판에 쓰기도 했다. 나는 시험 때, 예전에 선생이 인용했던 호머의 시구 중 몇 개를 외워 그대로 답안지에 써넣고 아주 의기양양했던 적도 있다.

선생은 교실에 들어오면 먼저 조끼 호주머니에서 시곗줄이 없는 니켈 테두리 시계를 꺼내 책상 모퉁이에 살짝 올려놓고 강의를 시작했다. 뭔가 복잡한 내용을 적절히 설명할 때는 집게손가락을 뻗어 콧마루를 살짝 비스듬히 누르는 버릇이 있었다. 학생 중에 질문하기를 좋아하

* 19세기 영국 작가 토머스 드 퀸시의 소설.

** 19세기 영국 작가 조지 엘리엇의 소설.

는 아이가 있어 꼬치꼬치 성가시게 묻기라도 하면, "이것 봐 자네, 그런 건 이걸 쓴 당사자한테 물어봐도 알 리가 없어!" 하고 물리쳤다. 동창생 중 몇몇은 그 당시의 선생은 아주 무서웠다고 하는데, 내게는 하나도 무섭지 않은, 누구보다도 친하고 다정한 선생이었다.

선생은 과외로 주로 문과 학생들을 상대로 아침 7시부터 8시까지 오셀로를 강의했다. 날이 추울 때였는데, 이층 창에서 보고 있다가, 검정 코트를 입은 선생이 정문에서 마치 헤엄을 치는 듯한 몸짓으로 허둥지둥 들어오는 걸 보고, "야! 왔다, 왔어!" 하고 법석을 떠는 아이도 있었다. 검정 코트의 버튼을 꼼꼼히 채운 선생은 꽤 세련되고 스마트한 모습이었다. 하지만 집에서 검정 하오리를 걸치고 추운 듯이 무릎을 꿇고 앉은 선생은 어쩐지 떠돌이 무사처럼 고풍스러운 느낌이 들기도 했다.

여름방학 때 고향에 내려간 내게 선생이 보내준 그림엽서에는, 다리를 쭉 뻗고 드러누워 낮잠을 자는 사람이 간단한 묵화로 그려져 있고, 그 옆에 하이쿠 한 구가 쓰여 있었다. 뭐라 뭐라 하고서 "너구리의 낮잠"으로 끝나는 구였다. 너구리 같은 얼굴에 선생처럼 수염이 꼿꼿이 뻗어 있었다. 선생은 그때도 낮잠 자는 습관이 있었던 것 같다.

고등학교를 졸업하고 대학에 입학한 후, 선생의 소개로

가미네기시의 우구이스초에 살던 병상의 마사오카 시키를 찾아갔다. 그때 시키가 나쓰메 선생의 취직자리도 알아보고 여러모로 애를 써주었다는 말을 들었다. 실제로 시키와 선생은 서로 경외하면서도 가장 친한 벗이었던 것 같다. 하지만 선생에게 물어보면, 가끔 "시키 그 녀석은 뭐든지 자기가 잘났다고 생각해. 건방진 녀석이야" 하며 웃기도 했다. 그렇게 말하면서도 서로의 마음을 이해하고 또 그리워한다는 걸 잘 알고 있는 것 같았다.

선생이 서양으로 떠난다기에 요코하마에 배웅하러 갔다. 배는 로이드 회사의 프로이센 호였다. 배가 떠날 때 동행했던 하가 씨와 후지시로 씨는 모자를 흔들며 배웅 나온 사람들에게 활기차게 인사했지만, 선생은 조금 떨어진 뱃전에 혼자 기대어 꼼짝도 안 하고 가만히 부둣가를 내려다보고 있었다. 배가 움직이기 시작하자 부인이 손수건을 얼굴에 갖다 대는 게 보였다. "가을바람이 한 사람에게 부네 바다 위"라는 하이쿠를 엽서에 써서 고베에서 보내주었다.

선생이 유학하는 동안, 나는 병에 걸려 한 해를 휴학하고 고향 바닷가에 내려와 쉬고 있었는데, 따분해하다가 길고 긴 편지를 써서 런던에 있는 선생에게 보냈다. 그리고 선생의 편지 받는 걸 낙으로 삼았다. 병이 나아 다시 상경해, 얼마 후 아내를 잃고 혼고 5초메에서 하숙을 하고 있었을 때 선생이 귀국했다. 신바시역에 마중을 나갔는데, 기차에서 내린 선생이 딸아이의 턱을 손으로 치켜올리며 가만히 바라보더니, 이윽고 손을 떼고 묘한 미소를 지었던 것이 생각난다.

귀국하고 얼마 동안 선생은 야라이초에 있는 처가인 나카네 씨 댁에 머물렀다. 내가 찾아갔을 때 마침 커다란 나무 상자에 책이 꽉꽉 차 있는 짐이 도착해, 쓰치야 군이라는 사람이 상자를 열어 책을 꺼내고 있었다. 그때 영국 미술관의 명화 사진을 여러 장 보여주면서 마음에 드는 것 두세 장을 고르라고 하기에, 레이놀즈*의 소녀 그림과 무리요**의 마리아 막달레나 같은 그림을 얻었다. 선생의 손가방 안에서 백장미 조화 한 다발이 나왔다. 뭐냐고 물으니, 누구에게서 받았다고 했다. 그리고 그때 아마 스시를 사주셨던 것 같다. 나는 전혀 몰랐는데 나중에 들은 얘기로는, 선생이 김초밥에 젓가락을 가져가면 나도 김초밥을 먹었다고 한다. 선생이 달걀을 먹으면 나도 달걀을 집었다고 한다. 선생이 새우를 남기면 나도 남겼다고 한다. 선생의 사후에 발견된 노트에 "T군의 스시 먹는 법"이라는 메

* 18세기 영국 화가 조슈아 레이놀즈.
** 17세기 스페인 화가 바르톨로메 에스테반 무리요.

모가 남아 있었는데, 아마도 그때의 일인 것 같다.

선생이 센다기에 거처를 정한 후로, 나는 또 예전처럼 사흘이 멀다 하고 놀러 갔다. 그 무렵은 아직 영문학 선생에 하이쿠 시인일 뿐이어서 선생의 집 현관을 드나드는 사람이 그리 많지는 않았지만, 그래도 분명 꽤 방해가 되었을 것이다. 오늘은 바쁘니까 돌아가라는 말을 들어도 온갖 핑계를 대며 뻔뻔스럽게 눌러앉아 선생이 일하는 옆에서《스튜디오》*에 실린 그림을 보기도 했다. 그때 선생은 터너**의 그림을 좋아해 그 화가에 대한 이야기를 종종 했다. 언젠가 얼마 안 되는 원고료를 받고, 그 돈으로 바로 수채화 물감이며 스케치북이며 상아 북나이프를 사왔다며 보여주었는데 무척 즐거워 보였다. 그 물감으로 그림엽서를 그려 친한 이들에게 보내기도 했다.《나는 고양이로소이다》를 쓴 뒤로는 하시구치 고요*** 씨나 오쓰카 나오코**** 여사 등과도 그림엽서를 주고받은 것 같다. 상아 북나이프는 나중에 끝이 약간 무뎌져서 내가 작은 칼

* 19세기 말 영국에서 발간된 미술 잡지.

** 19세기 초 영국 화가 윌리엄 터너.

*** 메이지 시대 말기의 화가.《나는 고양이로소이다》를 비롯해 소세키의 소설 표지 그림을 그렸다.

**** 메이지 시대 말기의 시인, 소설가, 번역가. 소세키가 연모한 여성으로 알려져 있다.

로 깎아서 모양을 다듬어주기도 했다. 오래된 것처럼 보이게 한다며 툭하면 뺨이나 코에다 문지르는 바람에 콧기름이 스며들어 누런 갈색으로 변해버렸다. 서재 벽에는 황벽종* 승려가 그린 그림이 걸려 있고 덴구**가 그려진 새털 부채 같은 것이 근처에 놓여 있기도 했다. 흑갈색 잉크로 촘촘한 글씨가 적혀 있는 노트가 늘 책상 위에 있었다. 스즈키 미에키치 군이 그린 옆얼굴 자화상이 벽에 걸려 있을 때도 있었다. 누군가에게 받은 큐라소의 병 모양과 색깔을 좋아했는데, "이건 삼나무 잎 향이 나는 술이야" 하며 마셔보라고 한 것도 생각난다. 녹색 양갱을 좋아하고, 함께 레스토랑에 가면 늘 콩 수프가 있냐고 물었다.

《나는 고양이로소이다》로 선생은 단번에 유명해져 버렸다. 《호토토기스》***와 관련된 사람들의 문장 모임이 가끔 선생의 집에서 열리게 되었다. 선생이 《나는 고양이로소이다》를 낭독하면, 그 뒤를 이어 읽는 사람은 언제나 다카하마 씨였는데, 가끔 선생이 무척 쑥스럽다는 듯한 얼굴로 낭독을 듣고 있을 때도 있었던 것 같다.

---

* 불교 선종의 한 종파.

** 깊은 산속에 산다고 전해지는 붉은 얼굴에 큰 코를 가진 상상의 괴물.

*** 19세기 말에 창간된 하이쿠 잡지. 소세키의 《나는 고양이로소이다》와 《도련님》이 이 잡지에 발표되었다.

내가 학교에서 오래된 《필로소피컬 매거진》*을 읽다가 하우튼이라는 사람이 쓴 '목매달기의 역학'에 관한 희귀한 논문이 있기에 이야기했더니, 선생이 "그거 재미있겠군, 좀 보여주게"라고 해서 학교에서 빌려와 보여주었다. 그것이 나중에 고양이 책에 간게쓰 군**의 강연으로 등장했다. 고등학교 시절 수학에 뛰어났던 선생은 그런 글을 읽어도 제대로 이해할 만큼의 소양을 지니고 있었다. 문학자치고는 이례적이었다.

다카하마, 사카모토, 사무카와 씨와 선생, 그리고 내가 간다 렌자쿠초의 닭고기 요리 식당에 점심을 먹으러 갔을 때다. 스다초 부근을 걷다가 사무카와 씨가 어느 괴짜 신문기자가 투신자살한 장소를 알려 주었는데, 그 이야기도 고양이 책에 간게쓰 군의 행적 중 하나로 등장했다.

우에노의 음악학교에서 매달 열리는 메이지 음악회의 연주회를 가끔씩 선생과 함께 들으러 갔다. 한번은 곡목 중에 개구리 울음소리며 샴페인 터뜨리는 소리가 뒤섞인 표제악 같은 것이 있었다. 그게 어지간히 웃겼던지 돌

* 18세기 말 영국에서 창간된 자연과학 학술지.

** 《나는 고양이로소이다》에 등장하는 물리학자로, 데라다 도라히코를 모델로 한 인물이다.

아오는 길에 세이요켄* 앞을 어슬렁어슬렁 걸으며 선생이 개골개골 개구리 울음소리를 흉내 내더니 배를 움켜쥐고 웃었다. 그 시절의 선생은 아직 너무도 젊은 서생다운 데가 많이 남아 있었던 것 같다.

내 흰색 플란넬 목도리가 때가 타서 잿빛으로 변한 걸 보고 더럽다며 하녀에게 빨게 한 적도 있었는데, 선생은 도쿄 토박이답게 상당한 멋쟁이로 옷차림에도 여러 가지 취향이 있어, 외출할 때는 대단히 깔끔했다. "이보게, 이번에 옷을 새로 맞췄는데 한번 보게" 하고 말할 때도 있었다. 옷차림으로 말하자면 나는 선생에게 늘 낙제점을 받았다. 플란넬 속옷이 소맷부리에서 두 치나 삐져나와 있어 늘 선생의 웃음거리가 되었다. 또 천성이 제멋대로에다 버릇이 없는 나는 선생이 이사할 때도 전혀 도와주지 않았는데, 그런 점에서도 완전히 벌점을 받았다. 그리고 T는 고향에서 가져온 선물이 달랑 가쓰오부시** 하나뿐이라며 웃은 적도 있다. 하지만 어린아이 같은 마음으로 자신을 찾아오는 젊은이들에게는 어떤 약점이나 잘못이 있어도 늘 자비로운 아버지 같은 관용으로 대해주었다. 그 대신 사교적인 기교 밑바닥에 감춰진 적의나 타산에 대해서

* 우에노 공원 내에 있는 서양요리 레스토랑. 1872년에 창업했다.
** 가다랭이를 말린 포.

는 아주 민감했다는 것은 선생의 작품을 보더라도 알 수 있다.

선생이 《우미인초》를 쓰고 있을 무렵, 내가 연구하는 실험실을 보여 달라고 하기에 하루는 학교로 안내해 지하실의 실험 장치를 보여주며 자세히 설명해주었다. 그때 마침 나는 총알이 날아가기 전후의 공기 파동을 슐리렌 사진*으로 찍고 있는 중이었다. "이걸 소설 속에 써도 될까?" 하고 묻기에, 그건 좀 곤란하다고 했더니, 그럼 뭔가 다른 실험 이야기를 해보라고 해서 마침 읽고 있던 니콜스**라는 학자의 '광압 측정'에 관한 실험을 들려주었다. 그 이야기를 딱 한 번 듣고 요점을 완전히 파악하여 쓴 것이 '노노미야 씨'***의 실험실 광경이다. 듣기만 하고 본 적도 없는 실험을 꽤 리얼하게 묘사하고 있다. 이것도 일본의 문학자 중에서는 보기 드물 것이다.

그뿐 아니라 일반 과학에 대해서 흥미가 많았는데, 특히 과학의 방법론적 방면에 관한 이야기를 좋아했다. 문학의 과학적 연구 방법이라는 커다란 주제가 선생의 머릿

* 잘 보이지 않는 투명한 기체들의 움직임을 빛의 굴절률 차이를 이용하여 촬영한 사진.

** 19세기 초 미국의 물리학자 어니스트 니콜스.

*** 《산시로》에 등장하는 물리학자로 데라다 도라히코를 모델로 했다.

속에서 끊임없이 움직이고 있었던 것은 선생의 논문이나 노트 속 메모를 보아도 상상할 수 있을 것이다. 하지만 만년에는 창작에 바빠 그런 연구를 생각할 여유가 없었던 것 같다.

니시카타마치에 잠시 살다가 와세다 미나미초로 옮긴 후에도, 나는 여전히 선생의 집을 자주 들락거렸다. 목요일이 면회일로 정해지고 나서도 나는 이런저런 핑계를 대면서 다른 날에도 불쑥 들이닥쳐 선생을 방해하곤 했다.

내가 서양에서 유학하는 동안 선생이 슈젠지에서 중병으로 사경을 헤맸다는데, 그때 고미야 군이 선생이 요양하고 있는 곳의 그림엽서를 보내줘 괴팅겐의 하숙집에서 받은 적이 있다. 귀국하고 오랜만에 만난 선생은 어쩐지 내게는 예전의 선생과는 조금 다르게 느껴졌다. 왠지 모르지만 나이가 들어서일 것이다. 개구리 울음소리를 흉내 내던 선생은 이제 없었다. 그리고 예전에 그리던 수채화의 연장으로 보이는 남화를 그리면서 즐거워했다. 내가 제멋대로 그림 비평을 하면, 입을 네모나게 벌리고 아주 씁쓸한 표정을 지었지만 그래도 그 평을 받아들이고 다시 고쳐 그리기도 했다. 선생은 한편으로는 무척 고집이 셌지만, 또 한편으로는 참으로 순순히 남의 말을 받아들이는 마음 좋은 할아버지 같은 데도 있었다. 그걸 기회 삼아 잘

난 척하며 무례하게 비평 따위를 늘어놓은 것이 죄송하다.

언젠가 여럿이서 선생을 모시고 아사쿠사의 루나파크에 가서 회전목마를 태워준 적도 있었는데, 너무나 귀찮아하는 듯이 보였지만 그래도 젊은 제자들이 하라는 대로 목마에 올라타고 빙글빙글 돌았다.

그 무렵 아카기시타의 골동품 가게를 구경하며 돌아다녔는데, 3엔짜리 야나기사와 기엔의 그림을 보고 와서는 나를 데리고 또다시 보러 가기도 했다. 교바시에 있는 요미우리 신문사에서 제1회 휴잔회 전람회가 열렸을 때, 내가 꽤 마음에 드는 그림이 하나 있어 큰맘 먹고 살까 한다고 하니, 선생이 "좋아, 그럼 내가 한번 봐주지" 하면서 같이 가서 보더니 "과연 좋군. 이건 사도록 하게" 하고 말한 적도 있다.

만년에는 붓글씨에도 열심이었다. 다키타 조인 군이 면회일인 목요일 아침부터 들이닥쳐 몇 장이고 재촉하며 글을 써달라고 하면, 원하는 대로 써주었다고 한다. 나는 언제든 받을 수 있다는 생각에 그림도 글씨도 한 장도 못 받고 있었더니, 언젠가 선생이 일부러 편지와 함께 비단에 한시를 써서 보내주었다. 센다기 시절의 그림엽서 말고는 이것이 유일한 유품이 되었지만, 선생이 세상을 떠난 뒤에 유족에게서 그림 족자 한 폭을 받았다.

선생은 호쇼 신 씨로부터 요쿄쿠(謠曲)*를 배웠다. 언젠가 선생이 노래하는 것을 듣고, 내가 선생은 노래할 때 혀끝이 말린다고 했더니, 고얀 소리를 하는 놈이라며 언제까지나 그 일을 잊어버리지 않았다.

언젠가 와세다 집의 응접실에서 선생과 이야기를 나누는데 복도에서 허름한 옷차림의 이상한 남자가 술에 취한 듯 두리번거리며 들어와 선생 앞에 앉더니 갑자기 큰소리로 뭐라 뭐라 무례한 말투로 욕을 하기 시작했다. 나중에 들어보니, M군이 데려온 사람으로 예전에 유명한 문사였던 O라는 사람이었다. 데려온 M군은 뜻밖의 광경에 너무나 당황하여 어쩔 줄을 몰랐다고 하는데, 그때 선생이 취객을 대하는 태도가 재미있었다. 주정뱅이의 혀 꼬부라진 소리에, 질세라 똑같은 태도와 말투로 시원시원하게 주거니 받거니 한 것이다. 지고는 못 넘어가는 도쿄 토박이의 선생을 그때 처음으로 눈앞에서 볼 수 있었다.

선생의 병이 마지막으로 위독했을 때는, 나도 마침 비슷한 병에 걸려 쇠약해져 있었다. 에도가와 근처 꽃집에서 베고니아 화분을 사서 문병을 갔을 때는 이미 면회를 할

* 14세기에 생긴 전통 연극인 '노'에 쓰이는 문구로 현대 연극의 각본에 해당한다. 여기에 가락을 붙여 노래를 부른다.

수 없는 상태였다. 부인이 그 꽃을 들고 병실로 가져가니, "예쁘구나" 하고 한마디 했다고 한다. 부엌 쪽 화로 곁에서 의사 M과 이야기하고 있는데, 갑자기 병실 쪽에서 괴로운 듯한 신음소리가 들려왔고, 그때 또 큰 출혈이 있었던 것 같다.

임종을 지키지 못했는데, 일부러 달려와준 K군이 알려준 임종 소식에 덜컹대는 인력거를 타고 와세다로 갔다. 가는 도중에 인력거 앞쪽에 쳐진 덮개에 끼워진 셀룰로이드 창 너머로 보이는 거리의 불빛이 묘하게 어렴풋한 별 모양으로 보였고, 그것이 이상하게도 미친 듯이 춤을 추는 것만 같았다.

선생에게서 많은 것을 배웠다. 하이쿠의 기법을 배웠을 뿐 아니라, 자연의 아름다움을 나 자신의 눈으로 발견하는 것을 배웠다. 또한 마찬가지로 인간의 마음속의 참된 것과 거짓된 것을 구별하고, 그리하여 참된 것을 사랑하고 거짓된 것을 미워해야 함을 배웠다.

그러나 내 마음속의 극단적인 에고이스트에게 말하라고 한다면, 나에게 선생은 하이쿠를 잘 짓든 못 짓든, 영문학에 통달했든 아니든, 그런 건 아무래도 상관이 없었다. 하물며 선생이 대문호든 아니든, 그런 건 아무 문제도 되지 않았다. 오히려 선생이 언제까지나 이름 없는 한낱 학교 선생으로 있어주었더라면 좋지 않았을까 하는 마음이 들 정도다. 선생이 대가가 되지 않았더라면 적어도 조금은 더 오래 살지 않았을까 하는 마음이다.

이런저런 불행으로 인해 마음이 무거울 때 선생을 만나 이야기를 나누고 있으면, 마음의 무거운 짐이 어느새 가벼워져 있었다. 불평이나 번민 때문에 마음이 어두울 때 선생을 마주하고 있으면, 마음속의 먹구름이 깨끗이 걷히고 새로운 기분으로 내 일에 온 힘을 쏟을 수 있었다. 선생이라는 존재 자체가 마음의 양식이 되었고 약이 되었다. 그런 신비로운 영향이 선생의 어떤 부분에서 흘러나오는지, 그것을 분석할 수 있을 만큼 선생을 객관적으로 볼 수도 없고, 또 그러고 싶은 마음도 없다.

꽃 아래 오솔길을 따라 선생의 집에 모여든 많은 젊은이들의 마음은 아마 다들 나와 같았으리라. 그렇기에 내가 여기 이렇게 두서없이 써놓은 선생의 추억이 자못 나 혼자 선생을 독점하고 있는 듯이 독자들에게 보인다면, 그것은 다른 여러 문하생들 각자의 거짓 없는 마음을 대표하는 것으로 이해를 구해야 함이 마땅하다. 선생이 돌아가신 지금, 문하생들을 가끔 만날 기회가 있을 때마다 느껴지는 말로 표현할 수 없는 어떤 그리움의 밑바닥에는 예전에 선생이 살던 센다기나 와세다의 집에서 가진 유쾌한 모임에 대한 기억이 배경이 되어 숨어 있을 것이다.

기억력이 나쁜 내가 기록한 이 추억에는 어쩌면 이런저런 시대의 착오나 사실의 오류가 있을 것이다. 그저 내 주관적 세계에 있는 선생의 옛 모습을 내 나름대로 가능한 한 충실히 써보고 싶었지만, 학자로서, 작가로서, 또한 인간으로서 선생의 모습을 소개하기에는 너무나 미미하고 보잘것없는 단편(斷片)일 뿐이다. 그것에 대해서는 오로지 독자들과 여러 문하생의 관용을 바라는 바이다.

(1932년)

데라다 도라히코(寺田虎彦) 1878~1935

물리학자, 수필가. 물리학자이면서 그림과 문학에도 조예가 깊었다. 그의 수필은 과학과 예술이 결합한 격조 높은 문학으로 높이 평가받으며 지금도 많은 사랑을 받고 있다.
나쓰메 소세키의 가장 오래된 제자 중 하나로, 과학이나 서양 음악 등의 지식이나 조예가 깊어 소세키가 자주 가르침을 받았을 정도로 제자이면서도 벗과 같은 존재였다. 《나는 고양이로소이다》에 등장하는 물리학자 간게쓰, 《산시로》의 노노미야의 모델로도 알려져 있다.
소세키가 세상을 떠난 후, 데라다는 이렇게 말했다.
"스무 살 무렵부터 지금까지 20년 동안의 제 삶에서 나쓰메 선생을 빼버린다면 저는 그저 나무나 돌 같은 인간일 것입니다."

도토리

데라다 도라히코

몇 년 전인지는 생각나지 않지만 날짜는 기억하고 있다. 세밑이 가까워진 26일 밤, 아내는 하녀와 함께 도쿠다이지 절에 재를 올리러 나갔다. 10시가 넘어 돌아온 아내는 긴쓰바*와 군밤을 소맷부리 안쪽에서 꺼내더니 내가 노트를 읽고 있는 책상 모퉁이에 살짝 올려놓고는 화장실에 갔다. 그런데 조금 있다 나오면서 새파래진 얼굴로 책상 옆에 앉자마자 갑자기 기침을 하며 피를 토했다. 놀란 것은 아내뿐만이 아니었다. 그때 내 얼굴에 핏기가 하나도 없는 걸 보고 더 힘이 빠졌다고 아내가 나중에 말해주었

* 밀가루 반죽에 팥소를 넣어 넓적하게 구운 과자.

다.

이튿날 하녀가 약을 처방받아 와서는 갑자기 휴가를 달라고 했다. 이 근처는 위험해서 심부름을 가면 누가 꼭 짓궂은 장난을 치는데, 그게 너무 무섭고 기분이 나빠 일할 수가 없다는 이상한 말을 한다. 하지만 보다시피 환자가 있는데 지금 갑자기 그만두면 곤란하지 않으냐, 하다못해 다른 사람이 올 때까지만 참아주면 안 되겠느냐고, 아직 학생이기는 하지만 그래도 한 집안의 가장이 거의 울먹이듯 부탁하는 바람에 그날은 겨우 붙잡아둘 수 있었지만, 이튿날 고향의 부모가 큰 병을 앓고 있다며 결국은 떠나버렸다. 외상값을 받으러 온 인력거 가게 할머니에게 부탁해 누구든 괜찮으니 소개해달라고 해서 온 사람이 '미요'라는 여자였다. 다행히 착하고 정직한 여자였는데, 다만 약간 멍한 데가 있어 너구리가 사람으로 둔갑한다는 말을 믿는 사람이었다. 어쨌든 환자를 정성껏 돌보고 야단을 쳐도 화를 내지 않았는데 가끔은 실수도 했다. 손 씻는 물이 든 대야를 떨어트려 온 방 안을 홍수로 만들기도 하고, 이불 속에 화로를 넣고 자는 바람에 이불은 물론 방바닥에 지름 30센티미터 정도의 구멍을 낸 일도 있다. 그렇지만 나는 지금까지 변함없이 미요에게 고마운 마음을 가지고 있다.

환자의 상태는 좋아지지도 나빠지지도 않은 채 그해는 속절없이 지나갔다. 설맞이 준비도 해야 하는데 뭘 사서 어떻게 해야 하는지도 몰랐다. 그래도 미요가 환자의 지시를 듣고 거기에 자신의 의견을 보태서 하루 종일 바쁘게 일했다. 섣달 그믐날 밤 12시가 넘은 시각에 문의 장지가 심하게 찢겨 있는 걸 보고, 나는 외투에 모자까지 푹 뒤집어쓴 채 그릇을 들고 모리카와초에 풀을 사러 가기도 했다. 미요는 그날 새벽 3시 넘어서까지 곤약 요리를 만들었다.

세상은 축복받은 새해를 맞이하고, 따뜻한 날이 이어졌다. 환자도 조금씩 나아졌다. 바람이 없는 날은 툇마루의 햇볕이 잘 드는 곳에 나와 종이학을 하염없이 접기도 하고 아끼는 인형의 옷을 바느질하기도 했다. 춥고 흐린 날에는 이부자리 안에서 《검은 머리카락》이라는 곡을 연주할 정도가 되었다. 그러다가도 가끔씩 쓸쓸하게 푸념 섞인 말을 해서 나와 미요를 난처하게 했다. 아내는 그때 아이를 가진 몸으로, 그해 5월에는 첫 출산이라는, 여자로서는 큰일을 눈앞에 두고 있었다. 게다가 열아홉 살인 올해는 운이 나쁜 해라고 했다. 미요가 고향집에 내려간 밤이면, 찬바람 소리에 섞인 옆방의 쓸쓸한 숨소리를 들으며 책상 앞에 앉아 램프를 가만히 바라보다가 긴 한숨을 내쉰 적도 있다. 아내는 의사가 안심시키려고 적당히 둘러대는 말을 곧이곧대로 믿고 그저 일시적인 기관 출혈이었다고 생각한 것 같다. 아마 그렇게 믿고 싶었을 것이다. 하지만 그래도 어딘가 불안한 마음이 숨어 있었던지 이따금 "정말 폐병에 걸려 안 낫는 건 아니겠죠?" 하고 물은 적도 있다. 또 어떤 때는 "당신, 뭔가 숨기고 있는 거죠? 틀림없어, 그렇죠?" 하고 성화같이 물으며 내 안색을 살폈다. 그 걱정스러운 듯 애절한 눈을 쳐다보기가 괴로워 "무슨 바보 같은 소리야. 그런 일 없다고 했잖아" 하고 매정하게 대답하며 부인했다. 그래도 그것으로 잠시나마 마음을 놓을 수 있었던 모양이다.

병은 조금씩 나아졌다. 2월 초에는 목욕도 하고 머리도 묶을 수 있게 되었다. 인력거 가게 할머니는 "이제 깨끗이 다 나은 것 같네" 하고 지레짐작하더니 호주머니에서 슬며시 계산서를 꺼내며 "아이고, 힘들지? 어서 나아야지" 하고 말했다. 의사에게 물으니, 좋다는 말도 나쁘다는 말도 없이 "어쨌든 지금 임신 중이니까 올해 5월이 정말 중요합니다" 하고 왠지 불안한 말을 했다.

그래도 조금씩 좋아졌다. 그달 십며칠이었나 바람 없는 따스한 날에, 의사한테 허락을 받았으니 식물원에 데려가 주겠다고 하자 아내는 무척 기뻐했다. 집을 나서려고 마당으로 나가는데, 아내가 머리가 너무 엉망이라며 조금 매만지고 올 테니 잠깐만 기다려달라고 한다. 팔짱을 끼고 툇마루에 걸터앉아서 쓸쓸한 마당을 둘러본다. 작년에 시든 국화가 뽑힌 채로 애처롭게 썩어가고 있고 거기에 색종이 조각 같은 게 매달려 바람도 없는데 추운 듯 떨고 있다. 손 씻는 물이 담긴 대야 맞은편에 있는 매화나무 가지에 꽃 두 송이가 활짝 피어 있다. 가까이 가서 자세히 보니 조화가 매달려 있었다. 아마도 환자가 장난삼아 만든 모양이다. 유리창 너머로 거실을 들여다보니 아내가 화장대 거울 앞에 앉아 풀어헤친 머리를 꽉 잡고 휙 늘어뜨리더니 빗질을 했다. 살짝 매만지는 정도인 줄 알았는데 다시 새로 묶으려는 모양이다. 그만하면 좋겠는데, 어서 끝내라고 다그치고 방에 가서 누워 아침에 읽던 신문을 본다. 빨리 안 끝내느냐고 큰 소리로 재촉한다. 그렇게 다그치니 더 엉망이 되잖아요, 하고 아내가 말한다. 나는 잠자코 부엌을 돌아서 문밖으로 나가보았다. 지나가는 사람들이 힐끔힐끔 쳐다보는 바람에 할 수 없이 걷기 시작한다. 50미터쯤 어슬렁어슬렁 걷다가 뒤돌아봐도 아직 안 나왔기에 나는 온 길을 다시 되돌아간다. 부엌 옆 툇마루를 돌아 안쪽을 들여다보니 아내가 나이에 맞지 않게 엎드려 울고 있는 걸 미요가 달래고 있다. 너무하다고 말한다. 어디든 혼자서 다녀오라고 한다. 어찌어찌 미요가 어르고 달래서 겨우 집을 나선다.

참으로 화창한 날씨다. "사람의 마음이 증발해 안개가 될 것 같은 날이네" 하고 말하니, 2미터쯤 뒤에서 신발을 끌며 힘들게 따라오던 아내는 "으응……" 하고 마음에 없는 대답을 하며 억지로 웃음을 짓는다. 그때 처음 알아차렸는데 배에 오비를 두른 부분이 남들보다 꽤 불룩했다. 걸음걸이가 무척 이상하다. 그래도 아내는 아무렇지 않다는 듯 따라온다. 미요와 둘이 가게 하는 편이 나았겠다고 생각하며 나는 말없이 발걸음을 재촉한다. 식물원 입구에서 쭉 뻗은 넓은 언덕길을 올라가서 왼쪽으로 돈다. 따스한 햇살이 넓은 식물원에 가득하고, 꽃도 나무도 없는 땅은 마치 잠들어 있는 듯하다. 온실은 흰색 칠을 한 부분이 반짝반짝 빛나고 있고, 그 앞에서 두세 명이 팔짱을 끼고 창밖에서 안을 들여다보는 모습만 보일 뿐, 분수도 나오지 않는다. 수련도 아직 차가운 진흙 밑바닥에서 한여름의 구름 그림자를 기다리고 있다. 온실 안에서 딸각딸각 나막신 소리를 내며 시골 할머니 네댓 명이 여우에게 홀리기라도 한 듯한 표정으로 밖으로 나온다. 우리는 할머니들과 엇갈리며 들어간다. 활력 넘치는 촉촉한 열대

공기가 콧구멍을 통해 뇌를 덮친다. 야자나무나 류큐*의 파초 같은 걸 보면 저렇게 자라다가는 지붕을 어떻게 해 버리는 게 아닐까 하는 생각이 항상 드는데, 오늘도 그렇다. 하와이라는 나라에는 폐병이 전혀 없다고 누군가가 한 말이 떠오른다. 아내가 짙은 녹색에 붉은 반점이 있는 풀잎을 만지작거리는 걸 보고 "만지지 마. 독일지도 몰라"라고 하니, 당황한 아내는 손을 떼고 찡그리며 손가락 끝을 바라보더니 살짝 냄새를 맡아본다. 복도 양옆에는 군데군데 붉은 꽃이 피어 있고, 그 가운데 여유로워 보이는 사람 얼굴도 여기저기 보인다.

아내는 왠지 모르게 기분이 안 좋다고 말한다. 안색은 그리 나빠 보이지 않는다. 갑자기 후덥지근한 곳에 들어와서 그런 모양이다. 빨리 밖으로 나가는 게 좋겠다고, 나는 조금 더 둘러보고 나가겠다고 하니, 아내는 잠깐 망설였지만 알겠다며 밖으로 나갔다. 붉은 꽃만 보고 바로 나갈 생각이었는데, 사람들 틈에 끼여 다니는 바람에 조금 늦게 겨우 나가 보니 아내는 거기에 없다. 어디로 갔나 하고 둘러보니 저 멀리 정자의 벤치에 힘없이 앉아 이쪽을 보며 웃고 있다.

---

* 오키나와의 옛 이름.

식물원은 예전과 변함없이 고요하다. 눈에 보이지 않는 햇빛의 힘에 땅 위의 모든 활동이 약간 억눌린 듯 보인다. 기분이 완전히 좋아졌다는 말에 이제 슬슬 집에 가자고 하니까, 조금 놀란 듯 내 얼굴을 보더니 모처럼 왔는데 연못에도 가보자고 한다. 그것도 맞는 말이라 연못 쪽으로 간다.

비탈길을 내려가는데 아래쪽에서 대학생 두세 명이 새된 목소리로 아리스토텔레스가 어쨌다는 둥 토론을 벌이며 올라오고 있다. 연못에 떠 있는 작은 섬 위의 정자에는 서른 살쯤 돼 보이는 안경 쓴 고상한 부인이 세일러복 차림의 남자아이와 어린 여자아이와 함께 놀고 있다. 남자아이는 돌멩이를 주워 얼음판 위로 굴리며 즐겁게 소리 지른다. 벤치 위에는 꼬깃꼬깃한 종이가 펼쳐져 있고 그 위에는 큼직하게 자른 카스텔라가 놓여 있다. "저런 딸아이를 갖고 싶어" 하고 아내가 뜻밖의 말을 한다.

출구 쪽을 향해 비탈진 아래쪽 길을 걷는다. 볼거리가 아무것도 없다. 뒤에서 아내가 "어머, 도토리가 있네" 하고 느닷없이 큰 소리로 말하더니 길가에 떨어진 낙엽들 사이로 들어간다. 정말 헤아릴 수도 없을 만큼 많은 도토리가 비탈 밑 꽁꽁 얼어붙은 땅 위에서 낙엽에 섞여 뒹굴고 있다. 아내는 거기에 쪼그리고 앉아서 열심히 도토리를 줍기 시작한다. 금세 왼 손바닥이 가득해진다. 나도 한 두 개 주워서 건너편 화장실 지붕 위로 던지니 데굴데굴 굴러 반대편으로 떨어진다. 아내는 오비 안에서 손수건을 꺼내 무릎 위에 펼치고 열심히 주워 모은다. "이제 그 정도면 됐어, 쓸데없이"라고 해도 좀처럼 그만둘 기미가 안 보여 화장실에 간다. 나와서 보니 아직도 줍고 있다. "그렇게 많이 주워서 뭘 하려고?" 하고 물으니, 재미있다는 듯이 웃으며 "그냥 줍는 게 재밌잖아요"라고 한다. 손수건이 꽉 차도록 주워서 아끼듯이 싸서 묶는 모습을 보고 이제 다 주웠구나 생각하는데, 이번에는 "당신 손수건도 좀 빌려줘요" 한다. 결국 내 손수건도 몇 홉이나 될 만큼의 도토리로 꽉 채우더니 "이제 됐어요. 돌아가요" 하고 태평스럽게 말한다.

도토리를 주우며 기뻐하던 아내는 이제 없다. 무덤 위 흙에는 이끼 꽃이 몇 번이나 피었다. 산에서 도토리가 떨어지면 직박구리 우는 소리에 낙엽이 떨어진다. 올해 2월, 아내가 남겨준 여섯 살배기 아이를 데리고 이 식물원에 놀러와 옛날과 변함없는 도토리를 줍게 했다. 이런 사소한 것에까지 유전이라는 게 있는지 아이는 무척이나 즐거워했다. 대여섯 개쯤 주울 때마다 숨을 할딱이며 내 곁으로 뛰어와, 내 모자 안에 펼쳐진 손수건 위로 던져 넣는다. 주워온 도토리가 점점 늘어나는 모습을 들여다보며 빰을 발그레 물들이고 기뻐 어쩔 줄 모르겠다는 얼굴을 한다. 부정할 수 없는 엄마의 그림자가 천진난만한 얼굴 한구석에 얼핏 스치면서, 희미해져 가는 옛 기억을 떠올리게 한다.

“아빠, 큰 도토리야. 이거, 이거, 이거, 이거, 전부 다 큰 도토리야.”

아이는 흙투성이가 된 작은 손가락 끝으로 모자 속에 차곡차곡 쌓인 도토리의 머리를 하나하나 찌른다. “큰 도토리, 작은 도토리, 전부 똘똘한 도토리” 하고 엉터리 노래를 부르고 폴짝폴짝 뛰며 또 줍기 시작한다. 나는 그 천진한 옆얼굴을 가만히 바라보며, 죽은 아내가 지닌 모든 좋은 점과 나쁜 점, 도토리를 좋아한 것이든 종이학을 잘 접은 것이든, 그 모든 게 다 이 아이에게 전해져도 되지만, 처음과 마지막이 비참했던 아내의 운명만큼은 되풀이되지 않게 하고 싶다고, 간절히 생각했다.

(1905년)

데라다 도라히코는 고등학교 재학 중에 나쓰코와 결혼했는데, 그 시절에도 보기 드물 만큼 이른 결혼이었다. 결혼은 했지만 두 사람은 3년 정도 떨어져 살며 편지로 소식을 주고받다가, 데라다가 대학에 입학한 후 함께 살게 되었다. 하지만 나쓰코가 폐결핵에 걸려 실제로 함께 산 기간은 1년도 채 못 되었다. 이 글은 나쓰코가 임신 중일 때 고이시카와 식물원에 놀러 갔을 때의 추억을 그린 글이다. 보름 후 다시 두 사람은 떨어져 살게 되었고, 나쓰코는 석 달 후 딸을 낳고 열아홉의 나이로 세상을 떠났다.
이 글은 데라다가 나쓰메 소세키의 권유를 받고 쓴 수필로, 그 후로 여러 수필집을 냈다.

시키의 그림

나쓰메 소세키

나는 시키*가 그린 그림을 딱 한 장 가지고 있다. 죽은 친구의 유품으로 여겨 오랜 세월 봉투에 넣어 보관하고 있었다. 세월이 흘러, 어쩌다가 봉투가 있는 곳을 잊어버린 적도 많았다. 얼마 전에 문득 떠올랐는데, 이렇게 두었다가는 이사라도 할 때 어디론가 사라질지도 모르니 당장 표구점에 가서 족자로라도 만들어야겠다는 생각이 들었다. 감물을 들인 종이봉투를 꺼내 먼지를 털고 안을 살

* 마사오카 시키. 하이쿠 시인으로 메이지 시대를 대표하는 문학자 중 한 사람이다. 도쿄제국대학 시절에 만난 나쓰메 소세키와 세상을 떠날 때까지 깊은 우정을 나누었다. 20대 후반부터 결핵이 악화하여 모르핀에 의지하면서 7년 동안 병상에 누워 지내다가 서른네 살에 세상을 떠났다.

펴보니, 그림은 예전 그대로 눅눅한 느낌으로 접혀 있었다. 없다고 생각했었는데, 그림 말고 시키의 편지도 몇 통인가 나왔다. 나는 그중에서 시키가 내게 보낸 마지막 편지, 그리고 날짜를 알 수 없는 짧은 편지를 골라, 그 사이에 그림을 놓고 세 개를 한데 모아 표구를 부탁했다.

그림은 작은 꽃병에 꽂힌 구름국화로, 그림 양식은 무척 간단했다.

"이것은 시들어가는 중이라고 생각하게. 그림이 서툰 건 내 몸이 아파서 그렇다고 생각해주게나. 거짓말인 것 같으면 팔꿈치를 괴고 한번 그림을 그려보게."

그림 옆에 이런 설명이 붙어 있는 것을 보면, 스스로도 그다지 잘 그렸다고는 생각하지 않은 모양이다. 시키가 이 그림을 그렸을 때 나는 도쿄에 없었다.

구름국화를
꽂아두었다네
불의 지방*에
살고 있는 자네가
돌아와주려나

* 불의 지방은 규슈의 구마모토를 가리키는 말이다. 소세키는 영국 유학을 가기 전 구마모토에서 영어 교사로 재직하고 있었다.

그는 그림에 이렇게 시를 지어 붙여 구마모토까지 보내주었다.

벽에 걸어놓고 바라보니, 참으로 쓸쓸한 기분이 든다. 색은 꽃과 줄기와 잎과 유리병을 다 합쳐 겨우 세 가지밖에 쓰지 않았다. 꽃은 핀 것 한 송이와 봉오리를 맺은 것 두 송이뿐이다. 잎을 다 세어보니 겨우 아홉 장이다. 게다가 주변은 하얗고, 표구에 덧댄 비단 천은 감색이어서, 어떻게 보아도 차가운 기분이 밀려드는 건 어쩔 수가 없다.

시키는 이 간단한 풀꽃을 그리는 데에 무척이나 노력을 아끼지 않았던 것 같다. 고작 꽃 세 송이를 그리는 데 적어도 대여섯 시간을 들여 하나하나 정성을 다해 색을 칠했다. 이 정도 끈기 있는 작업은 병상에 누운 몸으로는 상당한 결심이 필요할 뿐만 아니라, 아무렇지도 않게 척척 하이쿠를 짓는 그의 성정을 생각하더라도 분명 어울리지 않는 일이다. 그림에는 아직 초보인 그가 그 당시 회화에서 사생(寫生)*의 필요성을 강조한 후세쓰**의 말을 따라,

* 형식에 얽매이거나 주관적 표현 없이 사물을 있는 그대로 그려 사물의 본질에 다가가려고 하는 것.

** 나카무라 후세쓰. 서양화가로 문인들과 교류가 많아 나쓰메 소세키, 모리 오가이 등의 작품에 삽화를 그리기도 했다. 시키가 제창한 하이쿠 방법론인 '사생론'은 후세쓰의 '사생'의 개념을 도입한 것이다.

풀 한 포기 꽃 한 송이를 그릴 때도 사생을 실행하려고는 했지만, 자신이 하이쿠를 지으면서 깨달은 방법을 그림에 똑같이 적용하는 것은 잊었거나, 아니면 적용할 만한 기량이 없었던 탓이리라.

구름국화를 중심으로 하여 그린 시키의 그림은 서투르면서도 진지하다. 글을 쓸 때는 단숨에 문장을 써내려가는 그의 붓이 물감 접시에 잠기자마자 굳어져 붓끝의 움직임이 축 처지고 움츠러들었나, 하고 생각하니 나는 미소를 짓지 않을 수가 없다. 교시가 와서 이 그림을 보고는, 마사오카 그림이 참 좋지 않습니까, 하고 말한 적이 있다. 나는 그때, 이 정도 단순하고 평범한 특색을 내는 데 그 정도의 시간과 노력을 들여야 했나 생각하니, 왠지 마사오카의 머리와 손이 괜한 고생을 했구나 싶지만, 거기에서 숨길 수 없는 '서투름'이 흘러나오는 것 같다고 대답했다.

지나친 성실함과 정직함에는 불쾌함도 건방짐도 있을 수가 없다. 거기다가 시키의 그림에 중후한 장점이 있다면 아무 역할도 하지 않는 우직함의 맛이다. 그렇지만 선 하나 획 하나로 순간순간 우아하게 마무리지어야 할 것을 바로 끝낼 솜씨가 없어, 어쩔 수 없이 생략의 지름길을 버리고 그저 꼼꼼한 채색주의를 끈기 있게 실행한 것이라면, 아무래도 '서투름'이라는 평을 면하기는 어렵다.

시키는 인간으로서, 또 문학자로서 가장 '서투름'이 없는 사내였다. 오랜 세월 그와 친구로 지내온 동안 단 한순간도 나는 그의 서투름에 미소 지을 기회를 얻지 못했다.

또한 그의 서투름에 반해버린 순간도 없었다. 그가 세상을 떠난 지 거의 10년이 되어가는 오늘, 그가 날 위해 일부러 그려준 한 송이 구름국화 속에서 이 '서투름'을 발견할 수 있었던 것은, 그 결과 내가 실소하고 감탄한 것은 물론이거니와, 나로서는 대단히 흥미로웠다. 다만 그림이 아무리 봐도 쓸쓸하다. 할 수만 있다면 시키에게 이 '서투름'을 조금 더 웅대하게 발휘하게 하여 쓸쓸함을 달래고 싶었다.

(1911년)

나쓰메 소세키 (夏目漱石) 1867~1916

소설가, 영문학자. 일본 문학을 대표하는 작가로 수많은 명작을 발표했다. 대표작으로 《나는 고양이로소이다》, 《도련님》, 《마음》, 《문》, 《산시로》, 《그 후》 등이 있다.
하이쿠 시인 마사오카 시키는 소세키가 대학 시절에 만난 오랜 친구로 평생 문학적, 인간적으로 깊이 교류한 사이이다. 이 수필은 시키가 죽고 약 10년 후 친구를 그리워하며 쓴 글이다. 글 속에 나오는 구름국화 그림과 함께 표구한 편지는 영국에 있는 소세키에게 시키가 죽기 전에 보낸 마지막 편지로, 소세키는 이것을 평생 소중히 간직했다고 한다.

그림

마사오카 시키

10년쯤 전의 나는 일본화의 숭배자이자 서양화의 배척자였다. 그 무렵 시모무라 이잔* 군과 일본화와 서양화의 우열을 놓고 논쟁을 벌였는데, 내가 졌다는 마음은 들지 않았다. 그런데 마지막에 이잔 군이 일본화의 둥근 파도는 바다의 파도가 아니라고 하면서, 일본화의 옆얼굴과 서양화의 옆얼굴을 나란히 그려놓고 그 차이를 설명했다. 과연 고집 센 나도 그때는 그림에 아예 풋내기였던 만큼 실제의 논리를 듣고 나니 반쯤 놀랐고 또 반쯤은 감탄했다. 특히 일본화의 옆얼굴은 눈 모양이 정면에서 보았을

* 서양화가이자 하이쿠 시인. 서양화가였다가 마사오카 시키에게 하이쿠를 배우게 되면서 일본화에 관심을 가지게 되었다.

때처럼 그려져 있다는 말을 듣고 매우 놀랐다. 하지만 사물 형태의 충실한 묘사는 그림을 잘 그리는 것과 못 그리는 것과는 상관이 없다는 논리는 그 놀라움을 없애버렸다.

그 후 나카무라 후세쓰 군과 함께 《소일본(小日本)》*에서 함께 일하게 되어 매일같이 얼굴을 보게 되었는데, 만날 때마다 그림 논쟁을 벌였다. 그때도 나는 여전히 일본화 숭배자였기 때문에 말끝마다 충돌했다. 내가 후지산이 좋은 산이라고 하면, 후세쓰 군은 속된 산이라고 한다. 소나무가 좋은 나무라고 하면, 그건 속된 나무라고 한다. 달마가 우아하다고 하면, 달마는 속되다고 한다. 일본의 갑옷과 투구가 미술적이라고 하면, 서양의 갑옷과 투구가 미술적이라고 하여 하나하나 부딪치니까, 같은 인간의 감정이 이토록 다른 것인가, 하고 너무나 이상하다는 생각이 절실히 들었다.

그러다가 문득 하이쿠와 비교해 생각해보다가 크게 깨달은 점이 있었다. 하이쿠에 후지산을 넣으면 속된 구(句)가 되기 쉽다. 하이쿠에 소나무 구가 들어간 것도 있지만 소나무 구에는 속된 것이 많고, 오히려 겨울날 잎이 진 나

* 여성과 어린이를 위해 만들어진 신문사로 시키가 편집장으로 있었다.

무의 시구에 우아한 것이 많다. 달마 같은 것을 하이쿠에 넣으면 대단히 불쾌한 느낌이 든다. 이 정도는 전부터 알고 있었는데도, 그것을 그림에 적용할 생각은 못 했던 것이다. 하이쿠를 모르는 사람이 후지산 하이쿠를 보면서 무척 기뻐하는 것과, 우리가 후지산 그림을 보면서 말할 수 없이 기뻐하는 것이 같은 것이라는 걸 알고, 비로소 눈이 뜨인 듯한 기분이 들었다. 하지만 여전히 일본화를 향한 나의 숭배는 변하지 않아서, 일본화를 경멸하고 서양화를 칭찬하면 왠지 화가 나서 참을 수가 없다. 그래서 일본과 서양의 비교는 그만두고, 일본화는 일본화끼리, 서양화는 서양화끼리 비교 평론을 하면서 따로따로 이야기하게 되었다. 그러자 하루하루 뭔가 깨우쳐가는 듯한 기분이 들면서 열 달쯤 뒤에는 조금 분명해지는 것 같았다. 그때 허심탄회하게 생각해보니 비로소 일본화의 단점과 서양화의 장점을 알게 되었다. 나는 결국 이잔 군과 후세쓰 군에게 항복했다. 그 뒤로는 서양화를 배척하는 사람을 만나면 짜증을 내면서 열띠게 논쟁을 시작한다. 논쟁 끝에는 예전에 이잔 군에게 배운 대로 일본화의 옆얼굴과 서양화의 옆얼굴을 그리고는 "이걸 보라고, 일본화의 옆얼굴에는 눈 모양이 이렇게 그려져 있잖아. 자네, 대체 이런 눈이 세상 어디에 있나?" 하고 잘난 척하며 떠들어댄다.

그 아니꼬운 모습에 나 자신도 놀란다.

*

나는 어릴 때부터 손재주가 없어 그림을 좋아하기는 해도 잘 그리지는 못했다. 아이들이 흔히 그리는 대장 그림도 못 그렸다. 요즘 채색의 묘미를 깨달아서 채색화를 그리고 싶다고 농담 삼아 말했더니, 후세쓰 군이 곧바로 그림물감을 가져온 것이 작년 여름이었을 것이다. 하지만 그것도 선반 위에 올려둔 채 잊어버리고 있었다. 가을이 되어 병세도 조금 수그러들어 오늘은 기분이 좋았는데, 문득 책상 위에 꽂아둔 해당화를 보고 있으니 왠지 모르게 그림을 그리고 싶은 마음이 들었다. 곧장 그림물감을 꺼내오게 해 종이를 펼치고 바로 해당화를 그렸다. 이파리 색이 가장 어려웠지만, 처음으로 물감을 썼다는 게 기뻐서 그 그림을 모쿠고 선생과 후세쓰 군에게 보여주니 크게 칭찬해주었다. 이 커다란 잎 색이 재미있군, 하는 말을 들었는데, 그리기 어려워한 부분까지 칭찬받은 셈이어서 나는 기뻐서 어쩔 줄을 몰랐다. 그래서 곰곰이 생각해보니, 나처럼 그림이라고는 하나도 모르는 사람이 처음으로 해당화를 그렸는데 그것이 해당화로 보이는 것은 사생의 덕분이다. 호랑이를 그렸는데 개를 닮았다면 사생을 하지 않았기 때문이다. 사생하여 그리기만 하면 뭐든 못 그릴 것이 없다. 그런 생각을 하며 우쭐해진 나는 이번에는 감을 쥐고 있는 내 왼손을 사생해보았다. 감은 엄지와 검지 사이에 있었는데, 이걸 그리는 것은 대단히 힘들었다. 그래서 교시가 왔을 때 의기양양하며 이 그림을 보여주니, 교시가 한참을 쳐다보고 있는데도 모르는 것 같다. "이건 손에 감을 쥐고 있는 거야" 하고 설명해주니, 교시는 그제야 알겠다는 듯한 표정으로 "아아, 이제 알겠네요. 조금 전부터 말의 항문이 아닌가 하고 생각하고 있었는데" 하고 말했다.

(1900년)

마사오카 시키 (正岡子規) 1867~1902

시인. 하이쿠 시인으로 메이지 시대를 대표하는 문학자 중 한 사람이다. 하이쿠를 정립했을 뿐만 아니라, 평론, 수필 등 다방면에 걸쳐 활동했다. 20대 후반부터 결핵이 악화하여 모르핀에 의지하면서 7년 동안 병상에서 지내다가 서른네 살에 세상을 떠났다.
대표작 《병상육척》, 《앙와만록》, 《묵즙일적》 등은 죽음을 앞둔 자신의 육체와 정신을 객관적으로 바라보며 서술한 병상 기록이다.

꽃을 든 여자

호리 다쓰오

나는 어머니의 젊은 시절 모습이 담긴 사진 한 장을 기억하고 있다. 그것은 지진이 났을 때 타버렸지만, 돌아가신 어머니에 대해 이런저런 생각을 할 때면, 너무나도 젊은 시절의 그 사진이 가끔 떠오르곤 한다. 아직도 어딘지 모르게 처녀 같은 모습으로, 조금도 내 어머니처럼 보이지 않지만, 그래서인지 더더욱 내 마음을 움직이는 것 같다.

몇 년쯤 전, 어느 잡지사에서 지금껏 내가 가장 아름답다고 생각한 여성에 대해 글을 써달라는 부탁을 받았을 때, 문득 그 오래된 사진을 떠올리고 짧은 수필 한 편을 쓴 적이 있다. 그저 소묘 같은 작품일 뿐이지만, 어머니에 대한 한때의 내 마음이 잘 드러나 있어서 여기에 그 글을 싣고 싶다.

*

내가 아직 어릴 때다.

나는 문갑에서 가족사진을 꺼내, 이건 아빠, 이건 엄마, 이건 오시아게에 사는 삼촌……, 하고 하나하나 사람들 앞에서 우쭐대며 설명한다. 그런데 그중에 내가 모르는 어느 젊은 여자의 사진을 집어 들 때면 나는 무척 당황해 한다.

그건 엄마의 젊었을 때 사진이라고 사람들이 수도 없이 말했지만, 나는 암만해도 믿기지 않았다. 왜냐하면 엄마는 저렇게 살이 쪘는데, 사진 속의 여자는 이렇게 날씬하고 엄마보다 훨씬 예쁘잖아……. 나는 미심쩍은 듯 사진과 엄마를 번갈아 쳐다본다.

거기에는 내가 모르는 여자가 꽃꽂이를 하는 모습이 찍혀 있다. 꽃병을 무릎 가까이에 놓고, 매화꽃 같은 것을 손에 들고 있다. 나는 그 여자가 정말 좋았다. 엄마보다 훨씬 더.

그 후 몇 년이 흘렀다. 나도 조금씩 철이 들기 시작했다.

어머니는 전보다 더 살이 쪘다. 그건 어떻게든 나를 중학교 입학시험에 합격시키겠다는 마음에 아사쿠사 절의 관세음보살에 기도하면서, 평생 즐기던 술과 담배를 끊었기 때문이기도 했다. 그 대신 어머니는 갑자기 마음을 다잡더니 꽃꽂이를 배우기 시작했다. 나는 그렇게 꽃꽂이를 배우는 어머니의 모습을 종종 보게 되었다. 그 때문에 나는 나도 모르게 그동안 잊고 있던, 꽃을 든 사진 속 여자의 모습을 문득 떠올리게 되었다. 그 사진은 처음 본 그 모습 그대로 내 마음속에 생생한 아름다움으로 남아 있었다. 그때는 나도 그것이 어머니의 젊은 시절 모습이라는 걸 알았지만, 여전히 마음 한구석에는 아무래도 그 사진 속 여자를 내 어머니로 생각하고 싶지 않은 기분이 들었다.

그리고 또다시 세월이 흘렀다. 어머니는 지진으로 돌아가셨고, 그 사진도 함께 잃어버렸다. 이상한 건, 그제야 비로소 그 두 사람이 내 마음속에서 하나가 되어 녹아든 것이다. 그리고 왠지 모르지만, 눈에 익숙한 나이 든 어머니의 모습보다도, 그 사진 속 낯선 젊은 여자의 모습이 내게는 훨씬 더 그립다. 지금 되돌아보면, 어릴 때 그 사진 속의 여자가 도저히 어머니라는 게 믿기지 않았던 이유는, 아마도 그렇게 믿기에는 그 여자가 너무 아름다웠기 때문이라는 생각이 든다. 그 여자는 아름다울 뿐만 아니라, 그 자태에 어딘지 모르게 묘하게 요염한 모습이 보이는 게 어린 마음에도 느껴져, 그 여자를 어머니라고 생각하는 것이 왠지 부끄러웠던 게 아닐까. 그러고 보면 사진 속에서 어머니가 입었던 옷이 보통 아낙네나 처녀들이 입는 옷차림은 아니었던 것 같다. 지금 생각하니 그건 그 무렵 게이샤의 복장이었던 것 같다. 그런 걸 보면, 어머니는 아버지와 결혼하기 전에 게이샤였는지도 모른다고 혼자서 몰래 공상한다. —— 어머니의 친정이 무척 가난했다는 것, 어머니의 여동생인지 남동생인지 하는 분들이 만담가였다거나 찻집에 더부살이를 했다는 것, 내 아버지가 옛날에는 꽤 도락에 빠져 살았다는 것 등을 생각해보면, 그런 나의 공상이 전혀 터무니없는 건 아닐 테다.

하지만 나는 게이샤에 대해서라면 지금도 거의 아무것도 모른다고 할 수 있다. 다만 소년 시절부터 이즈미 교카의 소설을 즐겨 읽었고 그 여주인공들에게 일종의 희미한 애착을 느꼈던 걸 보면, 그 때문에 내가 돌아가신 어머니의 꿈을 꾸는 건지도 모르겠다.

*

나는 어머니의 젊은 시절 사진 한 장에서 그렇게 제멋대로 소설적 공상의 나래를 펼치면서도, 어머니의 젊은 시절 이야기나 내 어린 시절에 대해 사람들에게 일부러 물어서까지 알려고 하지는 않았다. 어릴 때부터 나는 혼자 스스로 알게 된 것만으로도 충분히 만족하고, 내가 알고 있는 범위 내에서만 나의 유년 시절을 내가 원하는 형태로 만들어 그것을 즐길 수 있었던 것이다.

(1936년)

술의 추억

다자이 오사무

술의 추억이라고는 했지만, 술이 추억한다는 의미가 아니다. 술에 대한 추억, 또는 술에 대한 추억과 그 추억을 둘러싼 나의 과거 생활 형태에 얽힌 여러 가지 추억, 그런 의미인데, 그러자면 제목이 너무 길고, 또 짐짓 잘난 척 거들먹거리는 느낌이 드는 제목이 될까 걱정스러워, 일단 '술의 추억'이라고 붙인 것이다.

나는 요즘 몸이 좀 좋지 않아 잠시 얌전히 술을 멀리하고 있었는데, 문득 그것도 바보 같다는 생각이 들어 집사람에게 청주를 데워 오게 해, 작은 잔에 따라 홀짝홀짝 두 홉 정도 마셔보았다. 그랬더니 참으로 묘한 감회에 빠져들었다.

술, 그건 반드시 데워서, 작은 잔으로 홀짝홀짝 마시는 거다. 당연하다. 내가 청주를 마시기 시작한 건 고등학생 때로, 청주는 독하고 냄새가 나서 작은 잔으로 홀짝홀짝 마시는 것조차 너무 괴로워, 큐라소, 페퍼민트, 포트와인 같은 유리잔을 잘난 체하는 손놀림으로 입에 가져가 살짝살짝 핥아 마시는 종족의 남자였는데, 그래서 청주병을 줄줄이 세워놓고 소란을 피우는 학생들에게 혐오와 모멸과 공포를 느꼈다. 진짜로 그랬다.

그렇지만 나도 결국엔 청주에 익숙해졌는데, 그건 게이샤와 놀 때 우습게 보이고 싶지 않은 마음에, 쓰구나, 써, 하면서도 홀짝홀짝 마시다가, 끝내는 벌떡 일어서서 바람처럼 화장실로 달려가 눈물을 쏟으며 토하곤 했다. 어쨌든 꼭 그렇게 끙끙대며 토하고 나면 새파래진 얼굴로 게이샤가 깎아주는 감을 먹었고, 그러는 사이에 차츰 청주에도 익숙해진 것이기에, 심히 한심한 고행 끝의 결실인 셈이었다.

작은 잔으로 홀짝홀짝 마시는 것조차 이렇게 과격한 모습이다. 하물며 컵 술, 차가운 청주, 맥주와 섞은 청주라면, 온몸이 부르르 떨릴 만한 자살행위와 진배없다고 생각했다.

옛날에는 자작조차 그리 고상한 게 아니었다. 꼭 일일이 남에게 술을 따르게 했다. 술은 자작이 최고지, 이런 말을 하는 남자는 이미 조금 무절제하고 천한 사람으로 여겨졌다. 작은 술잔으로 단숨에 들이켜는 것도 주위 사람들이 쳐다보는 판인데, 하물며 자작으로 두세 잔을 연거푸 벌컥벌컥 마셔대면, 홧김에 술을 퍼마시고 주정을 부리는 걸로 보여 사교계에서 추방되는 꼴을 당하고 만다.

그런 작은 잔으로 두세 잔 마시는 것도 이렇게 야단법석을 떨었으니, 컵 술이나 대폿술쯤 되면 그야말로 신문 기삿거리가 될 만큼 큰 사건이었다. 이건 신파극의 클라이맥스에서 자주 이용되는데,

"언니! 나 술 좀 마시게 해줘! 제발!"

바람둥이와 헤어진 젊은 게이샤는 술이 든 대접을 들고 몸부림을 친다. 언니 게이샤는 그걸 말리려고 대접을 빼앗느라 또 몸부림을 치면서,

"알아, 고우메, 네 마음 안다고. 하지만 안 돼. 이렇게 퍼마시려면, 날 죽이고 마셔."

그러고는 둘이 서로 부둥켜안고 운다. 연극에서는 이 부분이 가장 손에 땀을 쥐게 하는, 전율과 흥분을 느끼게 하는 장면이다.

이것이 차가운 청주라면, 더더욱 처참한 장면이 벌어진다. 어깨가 축 처진 관리인이 안주인에게 쭈뼛쭈뼛 다가가

서 고개를 들고 목소리를 죽여 말한다.

"드릴 말씀이 있는데 괜찮으시겠습니까?"

뭔가 결심이라도 한 것 같다.

"아, 괜찮고말고. 뭐든 말해보게. 어차피 난 그 일이라면 질려버렸으니까."

아들의 방탕함에, 그 어머니와 가게 관리인이 걱정하는 장면 같다.

"그럼 말씀드리겠습니다. 놀라시면 안 됩니다."

"괜찮다니까!"

"저어, 도련님이 밤늦게 부엌에 숨어 들어가셔서, 저기…… 술……."

말도 맺지 못하는 관리인. 털썩 주저앉아 엎드려 우는 안주인은,

"어억!" 하고 뒤로 넘어간다. 초겨울 찬바람 부는 소리.

대개 차가운 청주는 음산하고 비참함이 극에 달한 범죄가 되었던 것이다. 하물며 소주라면 괴담 말고는 나올 게 없다.

그래도 변한다면 변하는 세상이다.

내가 처음으로 차가운 청주를 마신 곳, 아니 마실 수밖에 없었던 곳은 평론가 후루야 쓰나타케 군의 집이었다. 아니, 그전에도 마셨는지 모르겠지만, 그때의 기억이 너무

나 선명하기 때문이다. 그 무렵 나는 스물다섯 살쯤으로, 후루야 군과 그 친구들이 만든 '아자라시'라는 동인지에 참가하고 있었다. 마침 후루야 군의 집이 그 잡지를 만드는 사무실이어서, 나도 종종 놀러 가 그의 문학론을 들으며 같이 술을 마시곤 했다.

그 무렵 후루야는 기분이 좋을 때는 무척 좋았지만 나쁠 때는 말도 못 하게 나빴다. 아마 이른 봄날 밤으로 기억하는데, 후루야 집에 놀러 갔더니 그가,

"자네, 술 마시러 왔지?"

하고 무시하는 듯한 말투로 말하는 바람에, 나도 순간 화가 치밀었다. 나라고 항상 얻어먹기만 하는 건 아니다.

"그런 식으로 말하지 마."

나는 억지로 웃으며 그렇게 말했다.

그러자 후루야 군도 슬쩍 웃으며,

"그래도 마실 거지?"

"마셔도 되고."

"마셔도 되고가 아니지. 마시고 싶잖아?"

후루야 군은 그때 약간 집요한 데가 있었다. 나는 돌아가려고 했다.

"오우이" 하고 후루야 군이 아내를 부르더니, "부엌에 아직 술이 다섯 홉쯤 남았을 거요. 좀 내와요. 병 채로도 괜

찮으니까."

나는 잠시 있을까, 하고 생각했다. 술의 유혹은 무섭다. 부인이 술이 다섯 홉쯤 든 됫병을 내왔다.

"안 데워도 될까요?"

"괜찮아. 찻잔이든 대접이든 좀 따라주시오."

후루야 군은 아주 거만하다.

나도 화가 나서 잠자코 술을 벌컥 들이켰다. 내 기억으로는, 이것이 내가 태어나서 처음으로 차가운 청주를 마신 경험이었다.

후루야 군은 팔짱을 끼고 내가 술 마시는 모습을 빤히 바라보더니, 내 옷을 품평하기 시작했다.

"여전히 멋진 속옷을 입고 있군. 그런데 자넨 일부러 속옷이 보이게 옷을 입는데 그건 잘못된 거야."

그 속옷은 고향의 할머니에게서 물려받은 거다. 나는 점점 불쾌해져 더 벌컥벌컥 들이켜면서 생전 처음으로 차가운 청주를 자작하며 마셨다. 전혀 취하지 않는다.

"차가운 청주가 이런 거군. 물 같네. 전혀 아무렇지도 않아."

"그럴까. 이제 곧 취할걸."

순식간에 다섯 홉을 다 마셔버렸다.

"가겠네."

"그런가. 배웅은 안 나가네."

나는 혼자서 후루야 군의 집을 나왔다. 밤길을 걷다가, 나는 너무 슬퍼져 조그마한 소리로 오카루의 노래를 불렀다.

나는
팔려 가네

갑자기, 정말로 갑자기, 취기가 올랐다. 차가운 청주는 확실히 물이 아니었다. 심하게 취해, 별안간 머리 위에서 회오리바람이 날아오르고, 내 발은 공중에 붕 떠올라 운무 속을 헤치며 걸어가다가 도중에 넘어져,

나는
팔려 가네

작은 목소리로 중얼거리고, 일어서다 또 넘어지고, 세상이 나를 중심으로 눈알이 핑핑 돌 만큼 빠르게 돌고,

나는
팔려 가네

모기가 우는 듯 애잔하고 가냘픈 노랫소리만이 저 멀리 구름 저편에서 들려오는 듯한 기분으로,

나는
팔려 가네

또 넘어지고, 다시 일어나고, 그러는 동안 '멋진 속옷'이고 뭐고 몽땅 흙투성이가 되었고, 나막신은 사라지고, 버선발 채로 전차를 탔다.

그 뒤로 나는 지금까지 아마도 수백 번, 수천 번 차가운 청주를 마셨지만, 그토록 심하게 취한 적은 없었다.

차가운 청주에는, 잊을 수 없는 그리운 추억이 하나 더 있다.

그 말을 하려면, 잠깐 마루야마 사다오 군과 나 사이의 교우를 먼저 설명해야 한다.

태평양전쟁이 발발하고 꽤 지났을 무렵, 초가을쯤이었나, 마루야마 사다오 군이 이런 내용의 편지를 보냈다.

꼭 한번 찾아뵙고 싶은데 괜찮겠습니까. 찾아뵐 때는 또 한 명을 데려가고 싶은데, 그 사람도 만나주시겠습니까.

나는 그때까지 한 번도 마루야마 군을 만난 적이 없었고, 편지를 주고받은 적도 없었다. 하지만 명배우인 마루야마 군의 이름은 익히 들어 알고 있었고, 또 무대 위의 모습도 본 적이 있다. 나는, 언제든 오십시오, 하고 답장을 써서, 집으로 오는 약도와 함께 보냈다.

며칠 뒤, 마루야마입니다, 하고 예전에 무대에서 들었던 기억이 있는 독특한 목소리가 현관에서 들려왔다. 나는 일어서서 현관으로 나갔다.

마루야마 군 혼자였다.

"또 다른 분은요?"

마루야마 군은 미소를 지으며,

"아, 그건 이 녀석입니다."

하고 보자기에서 각진 토미 위스키 병을 하나 꺼내더니 현관 마루 위에 놓았다. 세련된 사람이군, 하고 나는 감탄했다. 그 무렵은, 아니 지금도 그렇지만, 토미 위스키는커녕 소주조차 내 능력으로는 구할 수가 없었다.

"그리고 좀 쩨쩨한 말 같지만, 오늘 밤은 둘이서 이 술의 반만 마시고 싶습니다만."

"아아, 그런가요."

반은 딴 데로 가져가겠지, 이런 고급 위스키라면 당연해, 나는 속으로 그렇게 짐작하며,

"여보."

하고 아내를 불렀다.

"아무거나 병 하나만 좀 가져와."

"아니요, 그런 말이 아니라."

마루야마 군은 당황하여,

"반은 오늘 밤 여기서 둘이 마시고, 반은 댁에 두고 갈 생각입니다."

나는 마루야마 군을 점점 더 세련된 사람이라고 생각하며, 감탄사가 흘러나올 정도로 탄복했다. 나나 내 친구들이라면 됫병 술을 들고 친구 집에 간다는 건, 당연히 다 같이 마셔버리겠다는 뜻이고, 친구 역시 그걸 당연하게 여긴다. 심할 때는, 맥주 두 병쯤 들고 가서 먼저 그걸 마신 뒤, 아무래도 성에 안 차니까 집주인에게 뭐든지 집에 있는 술을 내오게 하는, 말하자면 작은 미끼로 대어를 낚으려는 수법까지 가끔 쓰인다.

어쨌든 그런 우아하고 예의 바른 주객이 나를 찾아온 건 처음이었다.

"뭐, 그렇다면 오늘 밤 둘이서 전부 다 마셔버리죠."

나는 그날 밤 정말이지 즐거웠다. 마루야마 군은, 지금 내가 일본에서 신뢰하는 사람은 당신뿐이다, 그러니 앞으로도 만나 달라, 하고 말하길래, 나는 눈꼴사나울 정도로 우쭐해진 데다 기분이 좋아져, 이 사람 저 사람 할 것 없이 큰 소리로 신나게 험담을 늘어놓기 시작하자, 점잖은 마루야마 군이 살짝 질린 듯,

"그럼, 오늘은 이 정도로 하고 실례하겠습니다."

하고 말했다.

"아니, 안 됩니다. 위스키가 아직 좀 남아 있어요."

"아닙니다. 그건 남겨두십시오. 나중에 술이 남아 있다는 생각이 들면, 그 또한 나쁘지 않을 겁니다."

세상 물정에 훤한 사람 같은 말투였다.

나는 마루야마 군을 기치조지 역까지 바래다주고 돌아오는 길에 공원 숲속에서 길을 헤매다가, 커다란 삼나무에 어지간히도 세게 코를 박아버렸다.

다음 날 아침 거울을 보니, 고개를 돌려버릴 정도로 코가 벌겋게 부어올라, 언짢고 우울한 마음으로 아침을 먹으러 밥상 앞에 앉으니, 아내가 말했다.

"어떡할래요? 식전에 한잔할래요? 위스키가 남아 있는데."

다행이다. 역시, 술은 조금 남겨둬야 하는 거다. 좋구나, 마루야마 군의 마음 씀씀이가. 나는 실로 마루야마 군의 다정한 인격에 감복했다.

마루야마 군은 그 뒤로도 나에게 가끔 속달을 보내거

나 직접 마중을 나와, 맛있는 술을 실컷 마실 수 있는 여러 장소로 안내했다. 도쿄의 공습이 점점 심해졌지만, 마루야마 군이 술자리로 초대하는 일은 변함없이 계속되었고, 그래서 나는 이번에야말로 내가 술값을 내야지, 하고 정신을 바짝 차려 계산대로 달려가지만, 언제나 "아닙니다. 벌써 마루야마 씨가 내셨어요"라는 말만 듣고, 결국 한 번도 술값을 내지 못하는 추태를 보였다.

"신주쿠의 아키타 술집, 아시죠? 거기서 오늘 밤 마지막으로 서비스를 준다는군요. 가봅시다."

전날 밤, 도쿄에 소이탄 대공습이 있었는데, 마루야마 군이 화재 현장에라도 가는 듯 어마어마한 누비옷을 걸치고 나를 데리러 왔다. 마침 그때 우리 집에는 이마 하루베 군도 이게 마지막일지도 모른다며 철모를 덮어쓰고 놀러 와 있었는데, 우리 둘은 그 말에 귀가 솔깃해져, 벌떡 일어나 마루야마 군과 함께 나갔다.

그날 밤, 아키타에는 단골이 스무 명쯤 와 있었는데, 여주인이 찾아오는 손님 하나하나마다 아키타산(産)의 좋은 술을 한됫병씩 척척 내주었다. 그렇게 호화로운 술잔치는 처음이었다. 한 사람이 한 됫병씩 끌어안고, 저마다 혼자서 술을 따라 큰 잔으로 벌컥벌컥 들이켠다. 술안주도 큰 대접에 한가득이다. 스무 명 가까이 되는 단골들은 하나같이 그 이름도 유명한, 이 말이 결코 과장이 아닐 만큼 그야말로 역사적인 대주가들인 듯했는데, 그런데도 여간해서 술병을 비우지 못하는 것 같았다. 나는 그 무렵에는 이미 차가운 청주든 뭐든 무지막지하게 퍼마시는 야만인으로 전락해버렸지만, 그 자리에서 일곱 홉쯤 마시고는 속이 쓰려 그만 마셨다. 그 맛깔스런 아키타산 술은 알코올 도수도 꽤 높은 모양이었다.

"오카지마 씨가 안 보이네."

단골 중 누군가가 말했다.

"아아, 오카지마 씨 집이 말이야, 어젯밤 공습으로 홀랑 다 타버렸잖아."

"그럼 못 오겠군. 안 됐어, 모처럼 이런 기회가 생겼는데……."

이런 말들이 오가고 있는데, 얼굴에 검댕이 잔뜩 묻고 입이 떡 벌어질 만큼 추레한 꼴을 한 중년 남자가 허둥지둥 가게로 들어오나 했는데, 바로 그 오카지마 씨다.

"이야, 나 왔어."

다들 기가 막히고, 또 감탄했다.

그날의 이상한 술잔치에서 가장 취하고 가장 멋진 추태를 보인 사람은 다름 아닌 내 친구 이마 하루베 군이었다. 나중에 그가 보낸 편지에 따르면, 나와 헤어지고 나서 눈을 떠보니 길가에서 철모도 안경도 가방도 아무것도 없이 전라에 가까운 모습으로, 게다가 온몸이 멍투성이로 있었다고 했다. 그것이 그가 도쿄에서 마신 마지막 술이었고, 며칠 뒤 그는 소집영장이 나와 증기선에 실려 전장으로 끌려갔다.

차가운 청주에 얽힌 추억은 이 정도로 하고, 이제 혼합주 이야기를 좀 하고 싶다. 섞어 마시는 술도 이제는 평범한 것이 되어 아무도 무모하다고 생각하지 않는 모양이지만, 내 학창 시절에는 꽤 거친 음주법이어서 어지간한 호걸이 아니고서는 그렇게 마실 용기가 없었다. 도쿄의 대학에 들어가고 나서 고향 선배를 따라 아카사카에 있는 요정에 간 적이 있는데, 그 선배는 권투선수로 중국과 만주를 오랫동안 돌아다닌 만큼 보기에도 당당한 대장부였다. 그 선배는 자리에 앉자마자 요정의 여종업원에게,

"청주 마실 건데, 맥주랑 같이 가져와. 난 섞어서 안 마시면 취하질 않거든."

하고 실로 으스대며 말했다.

그렇게 청주를 한 병 마시고, 그다음은 맥주, 그리고 또 청주, 이런 식으로 섞어 마시는데, 나는 그 호방한 술 마시는 품새를 보고 겁에 질려, 혼자서 작은 잔으로 홀짝홀짝 마시고 있다가, 급기야 그가 "고향을 떠날 때는 왕의 살

결, 지금은 창과 칼에 베인 상처뿐" 하고 마적 노래를 부르는 걸 듣고는 너무나 무서워, 도저히 취할 수가 없었던 기억이 난다. 그 선배가 그렇게 술을 마시고 나더니 "소변 좀 보고 올게" 하고 거구를 흔들며 일어서는데, 그 작은 산 같은 뒷모습을 힐끗 보고, 거의 경외심에 가까운 마음이 일어 나는 나도 모르게 한숨이 비어져나왔다. 그러니까 그 무렵 일본에서 혼합주 마시기를 감행하는 인물은 영웅호걸 말고는 없었다고 해도 과언이 아닐 정도였다.

그런데 지금은 어떤가. 차가운 청주도, 컵 술도, 혼합주도 아무것도 아니다. 그냥 마시면 된다. 취하면 된다. 취해서 앞이 안 보여도 괜찮다. 취해서 죽어도 괜찮다. 가스토리 소주다 뭐다 하며 뭔지 모를 기괴한 술까지 튀어나오더니, 신사 숙녀까지 묘하게 입을 비틀며 목구멍에 퍼붓듯이 마셔댄다.

"차가운 청주는 몸에 해로워."

이렇게 말하며 서로 부둥켜안고 우는 연극은 이제는 관객의 실소를 살 뿐이다.

요즘 몸이 좋지 않아 정말 오랜만에 작은 잔으로 홀짝홀짝 고급술을 마시며 그 격변을 생각하다 멍해졌다. 내 몸이 이제 쇠하여 되돌릴 수 없는 상태까지 된 것을 새삼 느끼고, 또 동시에 주변 세상 풍습의 급변이 왠지 무시무

시한 악몽이나 괴담처럼 느껴져, 온몸에 소름이 돋는 것만 같았다.

(1948년)

다자이 오사무(太宰治) 1909~1948

소설가. 사카구치 안고, 오다 사쿠노스케 등과 함께 전후 무뢰파를 대표하는 작가이다. 《달려라 메로스》, 《쓰가루》, 《인간실격》 등 여러 명작을 남겼고, 몰락한 귀족 여성을 주인공으로 한 《사양》은 베스트셀러가 되었다. 서른아홉 살에 스스로 생을 마감했다.
마루야마 사다오는 당시의 유명한 개성파 배우였다. 소설가를 꿈꾸던 문학 소년이던 그는 다자이와 친분을 맺고 여러 차례 편지를 주고받았다. 1945년에 히로시마의 극장에서 공연 중 원폭으로 사망했다.
이마 하루베는 희곡 작가로 다자이의 사망 후 그를 추억하며 《앵두기》를 썼다.

어린 시절의 기억

이즈미 교카

사람에게서 받은 인상 하면 먼저 떠오르는 건 어린 시절의 여린 눈에 새겨진 여러 사람들이다.

나이가 들면 그런 게 적어진다. 있다고 해도 그것은, 어린 시절 동경에 빠지기 쉬운 눈에 잠깐 비친, 아무 관계도 없는 모습이 영원히 기억에서 떠나지 않는 것 같은 단순한 것이 아니다. 그것이 잊을 수 없는 사람이 되기까지에는 여러 가지 복잡한 동기와 원인이 있다.

이런 점에서 보면 나는 어린 시절의 눈이란, 꾸밈없고 순수하며 지극히 여린 것이라고 생각한다. 아무리 작은 걸 보아도 그 인상이 오래오래 기억 속에 남는다. 어른이 된 눈은 이미 바싹 말라 껍데기가 생겼다. 꽤 강한 자극을 받지 않으면 기억에 남지 않는다.

어릴 때부터 지금까지 잊혀지지 않는 한 여자의 이야기를 하려고 한다.

어디로 가고 있었는지, 그건 모르겠다. 어머니를 따라 배를 타고 있었던 게 기억난다. 그때는 그게 뭔지 몰랐다. 지금 생각해보니 배다. 기차가 아니라 분명히 배였다.

내가 다섯 살 때였던 것 같다. 아직도 어머니의 부드러운 젖가슴을 손가락으로 만지작거리던 기억이 난다. 어릴 때 기억이기에 그것 말고는 분명하지 않지만, 어쨌든 은은한 가을 햇살이 물 위에서 하얗게 반짝반짝 움직이고 있었던 것 같다.

그 물이 강이었는지, 바다였는지, 아니면 호수였는지, 지금 여기서 확실히 말할 수는 없다. 어쨌든 물 위였다.

내 옆에는 많은 사람이 있었다. 어머니는 그들에게 이런저런 말을 했다. 나는 어머니 무릎 위에 안겨 있었는데, 어머니의 입술이 움직이는 걸 신기하다는 듯이 가만히 쳐다보고 있었다.

그때 나는 어머니의 젖가슴을 오른손으로 쥐고 있었는데, 마치 아이가 뭔가 이상한 걸 듣거나 보았을 때, 그때까지 쥐고 있던 어머니의 젖가슴을 놓으며, 맑은 눈동자로 그게 뭔지 알아내려는 모습을 하고 있었던 것 같다.

나는 그때 문득, 사람들 중에 젊고 아름다운 여자가 한 명 있다는 걸 발견했다. 신기한 것을 찾는 내 마음은, 내 눈에 익숙하지 않은 여자의 모습을 수줍어하거나 스스러워하지도 않고 똑바로 쳐다보았다.

그때는 몰랐지만 지금 생각해보니 여자는 열일곱 살쯤이었던 것 같다. 무척 살결이 하얗다는 것, 눈썹은 초승달처럼 가늘고 가지런하고, 쌍꺼풀진 눈이 너무나 맑고, 갸름한 얼굴에 코가 오뚝한 미인이었다는 게 기억난다.

지금 떠올려보아도 미인이 틀림없었다는 생각이 든다.

옷은 화려한 무늬를 물들인 비단옷을 입고 있었다. 그때 기억으로는 열일곱 살쯤이라고 생각했는데, 열일곱이나 되어서 그런 옷을 입지는 않을 테니까 어쩌면 열두세 살, 기껏해야 열서너 살이었는지도 모른다.

어쨌든 비단옷의 화려한 무늬가 그때 내 눈에 뭐라 말로 표현할 수 없는 아름다운 인상을 남겼다. 가을 햇살의 은은한 빛이 그 무늬 위를 아지랑이처럼 하늘하늘 움직이고 있었던 것 같은 생각이 든다.

미인이었지만 쓸쓸한 얼굴이었다. 어딘지 침울한 느낌이 들었다. 사람들이 떠들썩하게 웃고 이야기하는데도, 그 여자만 혼자 외톨이처럼 구석에 앉아서 다른 사람의 이야기에 귀를 기울이지도 않고, 뭘 생각하는지 물 위를 보거나 하늘을 쳐다보았다.

그 모습을 보니 나는 뭐라 말할 수 없이 가여운 마음이 들었다. 왜 사람들은 저 여자만 따돌리고 있는 걸까, 나는 알 수가 없었다. 누군가 그 여자의 말 상대가 되어주면 좋겠다고 생각했다.

나는 어머니 무릎에서 내려와 그 여자 앞에 가서 섰다. 그리고 여자가 뭔가 말해주기를 기다렸다.

하지만 여자는 아무 말도 하지 않았다. 오히려 그 옆에 있던 할머니가 내 머리를 쓰다듬기도 하고 안아주기도 했다. 나는 칭얼거리며 울음을 터뜨렸다. 그리고 곧장 어머니의 무릎으로 돌아갔다.

어머니 무릎으로 돌아가서도 그 여자가 신경이 쓰여 자꾸 뒤돌아보았다. 여자는 여전히 침울한 얼굴로 정처 없이 눈동자를 움직이고 있었다. 사무치게 쓸쓸한 얼굴이었다.

그리고 나는 잠이 들어버렸는지 그 뒤에 어떻게 되었는지 아무것도 기억나지 않는다.

나는 그 기억을 오랫동안 떠올리지 못했다. 열두세 살 때쯤, 그때처럼 가을날 해 질 무렵 밖에서 아이들과 함께 놀고 있는데 문득, 먼 옛날에 꾸었던 꿈처럼 그때의 기억이 떠올랐다.

나는 그때 그 광경이나 여자의 모습을 또렷이 기억하고 생생히 눈앞에 떠올리면서도, 그것이 정말로 있었던 것인지, 혹은 태어나기 전에 본 것인지, 아니면 어린 시절에 꾸었던 꿈이 어쩌다 문득 생각난 것인지 도저히 알 수가 없었다. 지금도 여전히 모르겠다. 어쩌면 꿈일지도 모른다. 하지만 나는 정말로 본 것 같은 생각이 든다. 그 자리의 광경도, 그 여자의 모습도, 실제로 보았던 기억처럼 지금도 또렷이 눈앞에 보이기에 정말이라는 생각이 든다.

꿈에서 본 것인지, 태어나기 전에 본 것인지, 아니면 정말로 본 것인지, 만약 인간에게 전생의 약속이라는 게 있고, 불교에서 말하는 깊은 인연이 있다면, 나는 그 여자와 끊으려야 끊을 수 없는 어떤 인연으로 태어난 것 같은 느낌이 든다.

그래서 길을 걸을 때도 문득 내 기억 속에 남아 있는 그 모습, 그 얼굴의 여자를 보면, 혹시나 하는 생각이 들어 가슴이 두근거릴 때가 있다.

만약 그 여자를 정말로 내가 본 것이라면, 나는 10년 후나 20년 후, 알 수는 없지만 어쨌든 그 여자를 한 번 더 어딘가에서 만날 것만 같은 기분이 든다. 틀림없이 만날 수 있으리라고 믿는다.

(1912년)

이즈미 교카 (泉鏡花) 1873~1939

소설가. 희곡과 하이쿠를 쓰기도 했다. 근대 환상 문학의 선구자로 낭만과 환상의 작가로 불린다. 《야행순사》, 《외과실》, 《고야산 스님》 등의 대표작이 있다. 1973년에 그의 탄생 100주년을 기념하여 이즈미 교카 문학상이 제정되었다.
어린 시절 어머니를 여읜 교카는 죽은 어머니에 대한 동경이 바탕에 깔린 낭만적이고 환상적인 세계를 소설과 희곡으로 발표했다.

고향을 그리다

김사량

내지*에 온 지도 벌써 10년이 다 되어가지만, 거의 해마다 두세 번은 고향에 간다. 고등학교부터 대학교까지 학교를 다니는 동안은 방학이 시작되는 첫날부터 부랴부랴 떠났다. 내가 생각해도 이상하다 싶을 만큼, 시험만 끝나면 곧장 하숙집으로 뛰어가 서둘러 짐을 싸서 허둥지둥 역으로 향했다. 역에 도착해서 가장 먼저 출발하는 기차를 타려는 것이다.

고향이 그렇게나 좋은가, 하고 가끔 이상한 생각이 들 때가 있다. 내 고향 평양에는 사랑하는 늙은 어머니가 거

* 일제 강점기 때 조선에서 일본을 가리키는 말.

의 홀로 외로이 살고 있다. 어머니는 말할 것도 없고, 여기저기로 시집간 착한 누이들, 그리고 친척들도 내가 돌아가면 무척이나 반겨준다. 그리 넓지는 않지만 백 평쯤 되는 앞뜰과 뒤뜰이 있다. 그것은 늙은 어머니의 보살핌을 받아 한껏 새롭게 꽃단장을 하고, 내가 돌아갈 때마다 나를 깜짝 놀라게 하며 반겨준다. 작년 여름에 갔을 때는 갖가지 꽃들이 뜰에 한가득 흐드러지게 피어 있고, 담 둘레에는 어머니가 심었다는 사과나무 묘목과 머루 덩굴이 무척이나 사랑스러웠다. 현관 옆의 벽이란 벽은 온통 이제 막 발돋움하려는 담쟁이덩굴이 기어오르고 있었다. 가을로 접어들어 꽃이 한창일 때도 지났을 무렵, 코스모스를 좀 더 피웠으면 좋았을 텐데 그 생각을 못 했구나, 하고 어머니와 여동생이 미안하다는 듯 말했다. 내가 그 정도로 꽃을 좋아하는 사람도 아닌데, 어머니도 이제 나이가 드셨구나, 하는 생각이 든다. 고향에 돌아갈 때마다 기력도 정신도 쇠약해지시는 것만 같아 슬프다. 예순이 넘으면 늙는 것도 더 빨라지는 걸까.

작년에는 코스모스가 피기 시작할 때쯤, 바로 손위의 덕실이 누나가 죽었다. 서른 살의 젊은 몸으로 아이를 셋이나 두고 도저히 눈을 감을 수가 없다고 했지만, 기독교 종합병원의 조용한 방에서 숨을 거두었다. 그 죽음은 지금 생각해도 비통한 마음이 들어 견딜 수가 없다. 그것을 여기에 쓰기에는 내 마음이 그 아픔을 견디지 못할 것 같다. 누나는 형제자매들 중에서 가장 재능이 뛰어난 데다 정이 많고 명랑했다. 어머니와 달리 아버지는 절벽처럼 보수적이고 완고했는데, 어머니가 아무리 조르고 애원해도 누나를 소학교조차 보내주지 않았다. 여자에게 신교육을 받게 할 수 없다는 이유에서였다. 아무리 울고불고해도 들어주지 않았지만, 누나는 포기하지 않았다. 일고여덟 살 때부터 천자문으로 한자를 얼추 익혔고, 한글은 일찍부터 자유자재로 읽고 쓸 수 있었는데, 내가 소학교에 들어가자마자 그때부터 쭉 나를 선생으로 삼아 여러 과목의 지식을 익혔다. 또 잡지를 주문하고 신문을 읽기도 해서, 내가 중학교에 들어갔을 때쯤 누나의 식견과 사고는 이미 존경스러울 정도였다.

그래서 나와 누나는 남매간이지만 특별했다고 할 수 있다. 내가 고향에 간다는 소식을 들으면 누구보다 먼저 어머니 곁으로 가서 나를 기다려준 것도 이 누나였다. 누나는 내가 사과를 좋아한다고 생각해, 언제나 국광이며 홍옥 같은, 즙 많고 빛깔 고운 맛있는 사과를 한아름 사다 주었다. 누나의 죽음이 늙은 어머니에게 안겨준 정신적 타격은 이루 말할 수 없이 컸다. 그 누나가 이번에 돌아가면 없다는 생각을 하니, 튼튼한 이가 빠져버린 듯이 마음 한구석이 허전하다.

그래도 역시 고향 가는 마음은 억누르기 힘들 만큼 격렬하다. 대체 왜 그런 걸까. 고향을 그다지 그리워하지 않는 친구들을 볼 때마다 나는 오히려 부럽기까지 하고, 또 이런 나 자신이 덧없이 여겨진다. 지금도 내 고향집에는 어머니와 경성의 전문학교에서 돌아온 지 얼마 되지 않은 여동생이 단둘이서 쓸쓸히 지내고 있을 것이다. 얼마 전 여동생이 보낸 편지에는, 내가 돌아가는 4월은 평양에서 꽃을 심는 때니까 그때 다 함께 뜰을 꾸미자, 라고 쓰여 있었다. 그 편지를 받기 며칠 전에 나는 어머니와 여동생에게 편지를 보냈다. 이번에 집에 돌아가면, 뒤뜰에는 질릴 만큼 토마토를 심고, 우물 위에는 등나무 시렁을 만들고, 내 작은 서재 앞에는 수세미를 매달고, 또 앞뜰에는 그림 병풍이 될 만큼 조선 나팔꽃을 심을 거라고 썼다. 나는 슬픔에 잠긴 연로한 어머니를 그런 일에라도 신경을 쓰게 해서 마음을 달래주고 싶었던 것이다. 그래서 동생의 답장을 받고 또 편지를 보냈는데, 대엿새쯤 전에 도착한 편지에 동생은, 어머니가 하나하나 준비하고 있다고, 토마토도 질릴 만큼 많이 주문했고 여기저기서 꽃씨를 얻고 있다고 했다. 그리고 지금 이 편지를 쓰고 있는 오늘은 어머니가 드디어 땅을 일구기 시작했다고도 했다. 얼마나 멋지게 꾸며놓았을까. 이번에 돌아가면 유난히 호들갑을 떨며 추켜세워줘야겠다는 생각도 한다.

그렇지만 고향에 가고 싶은 마음이 드는 건 단지 어머니와 누이들, 그리고 친척들을 만나고 싶어서만은 아니다. 역시나 나는 나를 키워준 조선이 가장 좋고, 또 마음은 울적해도 참으로 유머 넘치고 느긋한 조선 사람들이 좋아서 어쩔 수가 없다. 항상 도쿄에서 여유 없고 답답한 마음으로 살고 있는 나는 고향에 돌아가면 딴사람처럼 변해 어처구니없을 만큼 농담을 많이 한다. 친구들은 물론이고, 선배들한테도 정신이 어떻게 된 게 아닌가 싶을 만큼 실없는 농담을 건다. 원래 남들보다 더 그런 농담을 좋아하는 데다, 심각하고 진지한 건 질색이기도 해서다. 그래서 고향에 돌아가면 집에서도 매일같이 농담이나 웃긴 이야기를 하면서 지낸다. 그러고 보니 생각이 나는데, 죽은 누나는 유난히 나와 죽이 잘 맞아서 뭐든지 큰 소리로 웃었는데, 한번 웃으면 허리가 고꾸라질 때까지 자지러지게 웃곤 했다. 가끔 이 땅에서 어쩔 수 없이 불쑥 향수에 빠질 때면, 대개는 간다에 있는 조선 식당에라도 가서 활기찬 학생들의 얼굴을 흐뭇하게 바라보기도 하고, 조선 가요나 야담, 춤 모임을 찾기도 한다. 그것도 지금은 줄었지만. —— 거기서 이주 동포들의 웃는 얼굴을 보고 떠드는 소리를 들으면, 가끔 나도 모르게 웃음이 날 때도 있고, 눈물이 날 정도로 기쁠 때도 있다. 조선말로 장난치는 우스갯소리를 듣는 게 너무 좋다. 나도 모르게 웃음이 터져 나온다. 이것은 왠지 일종의 센티멘털리즘이라고 부를 만한 건지도 모르겠다.

조선의 하늘은 세계 어디에도 없다고 할 만큼, 푸르고 활짝 개어 있다. 어서 그 아래를 걷고 싶은 마음이 요즘 들기 시작하면서 참을 수 없을 만큼 그립다. 이렇게 나는 언제나 조선과 일본 사이를 철새처럼 왔다갔다하겠지. 어쨌든 어머니도 나이가 들었으니, 그 맑게 갠 하늘 아래, 좋아하는 대동강 물이라도 내려다보이는 언덕 위에 살고 싶은 마음이다.

(1941년)

김사량(金史良) 1814~1950

소설가. 본명은 김시창으로 평양에서 태어났다. 평양고보에 재학 중일 때 일본군 배속장교 배척운동을 벌이다 퇴교당한 후 일본으로 건너가 도쿄제국대학 독문과를 졸업했다. 대학 시절부터 집필 활동을 시작했다. 단편소설 〈빛 속으로〉는 1939년 아쿠타가와상 후보에 오르는 등 재일 조선인 문학의 선구적 존재로 여겨진다. 〈토성랑〉, 〈천마〉, 〈물이 깊다〉 등 여러 작품을 발표했다.
일본에서의 작품 활동은 귀국하기 전까지 약 2년 동안이었고, 한국전쟁 때 종군작가로 전선에 참가했다가 사망한 것으로 알려져 있다.

3장

조용한 봄의 빛에 감싸인 채

유리문 안에서 39

나쓰메 소세키

오늘은 일요일이라 아이가 학교에 가지 않기 때문에 하녀도 마음이 느긋해서 그랬는지 여느 때보다 늦게 일어난 모양이다. 그래도 내가 이부자리를 뜬 건 7시 15분이 지나서였다. 세수를 하고 나서 늘 그러듯이 토스트와 우유, 달걀 반숙을 먹고 변소에 가려는데, 하필 분뇨 처리하는 사람이 와 있는 바람에 한동안 나가본 적이 없는 뒤뜰 쪽으로 발걸음을 옮겼다. 그때 정원사가 창고 안에서 뭔가를 정리하고 있었다. 쓸모없는 숯가마니 아래서는 기세 좋게 불길이 타오르고, 그 둘레에 딸아이 셋이 기분 좋다는 듯 따뜻하게 불을 쬐고 있는 모습이 내 주의를 끌었다.

"그렇게 불 가까이 있으면 얼굴이 새까매져" 하고 말하니, 막내 아이가 "괜찮아 —" 하고 대꾸했다. 나는 돌담 위로 멀리 보이는 기와지붕이 녹아버린 서리에 젖어 아침 햇살에 반짝이는 색을 바라보다가 다시 집 안으로 들어갔다.

친척 아이가 와서 청소를 하고 있는 서재가 정리되기를 기다리며 나는 책상을 들고 툇마루로 나갔다. 그리고 햇볕이 잘 드는 난간에 몸을 기대어도 보고 턱을 괴고 생각에 잠겨도 보면서 한동안 꼼짝도 하지 않은 채 그저 영혼만 자유롭게 노닐게 하고 있었다.

가벼운 바람이 가끔씩 구화 난초의 기다란 잎을 살랑대려고 찾아왔다. 뜰나무 속에선 휘파람새가 이따금 서툴게 지저귀고 있었다. 날마다 유리문 안쪽에 앉아 있던 내가, 아직 겨울이야, 겨울, 하고 생각하는 사이에 어느새 봄이 내 마음을 흔들기 시작한 것이다.

나의 명상은 언제까지 앉아 있어도 형태를 갖추지 못했다. 붓을 들어 쓰려고 하면, 쓸 거리가 한없이 많은 것 같은 기분도 들기도 하고, 그걸로 해볼까, 이걸로 해볼까 망설이기 시작하면 뭘 써도 시시할 것 같은 태평한 생각이 들기도 했다. 한동안 그곳에 가만히 앉아 있으니, 이번에는 지금까지 쓴 것들이 완전히 무의미한 것처럼 여겨지기 시작했다. 왜 그런 걸 썼을까, 하는 모순이 나를 조롱하기 시작했다. 고맙게도 나의 신경은 고요했다. 이 조롱을 올라타고 둥실둥실 명상의 땅으로 높이 올라가는 것이 나에겐 대단히 유쾌했다. 내 바보 같은 성질을 구름 위에서 내려다보며 웃고 싶어진 나는 자신을 경멸하는 기분에 흔들리며 요람 안에 잠들어 있는 아기일 뿐이었다.

나는 지금까지 남의 일과 나의 일을 뒤섞어서 글을 썼다. 남의 일을 쓸 때는 되도록 상대방에게 해가 되지 않도록 신경을 썼다. 나에 대한 이야기를 할 때는 오히려 비교적 자유로운 공기 속에서 호흡할 수 있었다. 그렇지만 나는 아직 완전히 허영을 버릴 수 있을 만한 정도에는 이르지 못했다. 거짓을 말하며 세상 사람을 속일 정도의 과시욕은 없다고 해도, 그보다 더 비천한 점, 더 나쁜 점, 더더욱 명예를 잃을 만한 나 자신의 결점을 나는 그만 발표하지 못하고 말았다. 성 아우구스티누스의 고백, 루소의 고백, 어느 아편 중독자의 고백 — 그것을 아무리 더듬어간다고 해도, 진실은 인간의 힘으로는 서술할 수 없다고 누군가가 말한 적이 있다. 하물며 내가 쓴 것은 고백이 아니다. 나의 죄는 — 만약 그것을 죄라고 부를 수 있다면, — 아주 밝은 곳에서만 그려졌을 것이리라. 그래서 어떤 이는 일종의 불쾌함을 느낄지도 모른다. 하지만 나 자신은 지금 그 불쾌함 위에 걸터앉아, 보통 사람들을 멀리 내려다보며 미소 짓고 있는 것이다. 지금까지 시시한 것을 써온 나 자신도 똑같은 눈으로 둘러보며 마치 그것이 타인이었던 듯한 기분으로 역시 미소 짓고 있는 것이다.

아직 휘파람새가 뜰에서 이따금 울고 있다. 이따금 봄바람이 마침 생각이 났다는 듯 구화 난초 잎을 살랑대려고 찾아온다. 고양이가 어디선가 아프게 물린 관자놀이를 햇볕에 쬐면서 따뜻하다는 듯 잠들어 있다. 조금 전까지 뜰에서 고무풍선을 날아 올리며 떠들어대던 아이들은 다들 활동사진을 보러 나갔다. 집도 마음도 고요해진 사이에 나는 유리문을 활짝 열어놓고 조용한 봄의 빛에 감싸인 채 멍하니 이 원고를 마무리 짓는다. 그런 다음, 나는 잠깐 팔베개를 하고 누워 이 툇마루에서 한잠 자려고 한다.

(1915년)

의무

다자이 오사무

의무의 수행이란 이만저만 힘든 게 아니다. 그렇지만 해야 한다. 왜 살아 있는가. 왜 글을 쓰는가. 지금 나는, 그건 의무 수행을 위해서입니다, 하고 대답할 수밖에 없다. 돈 때문에 쓰는 건 아닌 것 같다. 쾌락 때문에 살아 있는 것도 아닌 것 같다. 며칠 전에도 들길을 혼자 걸으며 문득 생각했다. '사랑이란 것도 결국은 의무 수행이 아닐까.'

분명히 말해, 나는 지금 수필 다섯 장을 쓰는 것이 무척이나 고통스럽다. 열흘도 더 전부터, 뭘 쓰면 좋을까 생각했다. 왜 거절하지 않았나. 부탁받았기 때문이다. 2월 29일까지 대여섯 장을 써라, 라는 편지였다. 나는 이 잡지 (《문학자》)의 동인이 아니다. 또 앞으로도 동인이 될 생각은 없다. 동인의 태반은 내가 모르는 사람뿐이다. 거기에 꼭 써야 할 이유는 없다. 하지만 나는, 쓰겠다고 답했다. 원고료가 욕심나서도 아니었던 것 같다. 여러 동인 선배에게 아부를 떨 마음도 없었다. 쓸 수 있는 상태일 때, 부탁을 받으면, 그때는 반드시 써야 한다, 라는 계율 때문에 "쓰겠습니다" 하고 답한 것이다. 들어줄 수 있는 상태일 때, 남의 부탁을 받으면, 들어줘야만 한다, 라는 계율과 같은 것이다. 아무래도 내 문장의 vocabulary는 과장된 것뿐으로, 그래서 남들의 반발을 사는 것도 같지만, 아무래도 나는 '북방 농사꾼'의 피를 잔뜩 물려받아, '큰 건 목소리뿐'이라는 숙명을 타고난 것 같으니, 그 문제라면 쓸데없는 경계심을 버려주었으면 좋겠다. 나도 내가 무슨 말을 하고 있는지 모르겠다. 이래선 안 되겠다. 똑바로 고쳐 앉자.

의무로 쓰는 것이다. 쓸 수 있는 상태일 때, 라고 앞에서 말했다. 그건 고매하게 보이려고 한 말이 아니다. 다시 말해, 나는 지금 코감기에 걸려 열도 좀 있지만, 자리에 드러누울 정도는 아니다. 원고를 쓰지 못할 정도의 병도 아니다. 쓸 수 있는 상태이다. 또 나는 2월 25일까지 예정된 일은 전부 끝냈다. 25일부터 29일까지는 약속한 일이 아무것도 없다. 그 나흘 동안 나는 다섯 장쯤은 어떻게든 쓸

달리지 않는 명마

다자이 오사무

무엇을 쓸까, 하는 목표도 없이, 말하자면 오이나리 신사 안에 멍하니 서서, 재미도 없는 에마*를 바라보며, 어떠할까 마음먹지 못하고, 마음먹지 못한 채 어슬렁어슬렁 걷기 시작하다가, 썩기 시작하는 큰 삼나무 그루터기를 휘감으며 달라붙은 마른 담쟁이덩굴 한 줄기를 지팡이로 툭툭 떨어내고, 별 깊은 뜻도 없이 에잇! 큰 소리로 여우 석상에 달려들지만, 이 또한 별생각은 없다. 원래 예술이란 그런 거지, 우화도 아니고, 수양을 위한 양식도 아니고, 꼴사납고 연약하고 이름이나 파는 무리들이 하는 일

* 신사에서 소원을 빌 때 소원을 써서 바치는 목판.

이 틀림없지, 그런 말을 듣고도 맞받아칠 말이 없어 순순히 고개만 끄덕이다, 살며시 까치발을 들고 저녁놀 구름을 쳐다본다.

당신 소설, 친구한테 잡지를 빌려서 읽었는데요, 그게 그러니까 한마디로 정리하면 무슨 말입니까, 하고 따져 물어 온 것이 여러 번. 그때마다 슬퍼서, 한마디로 말할 수 있다면 한마디로 말할 겁니다, 그냥 그뿐인 것, 달리 말할 방법이 없습니다, 앞으로 제 글은 읽지 마십시오.

색색의 색종이를 붙인 예쁜 작은 상자, 이걸로 뭐 할 거야? 아무것도 안 해, 그냥 그뿐이야, 예쁘지?

불꽃 폭죽 하나, 천 엔이나 넘는 걸 굳이 강에서 쏘아 올려서 뭘 할 건데?

옷, 맨몸을 감싸면 그걸로 충분한데, 모양도, 옷감도, 색깔도, 전부 의미 없어. 스물다섯 살 남자, 하룻밤, 진홍색 꽃무늬, 게다가 비단 겹옷 입고, 전부 다 분명 옷인데, 뭐가 이상하다고.

아아, 아름다운 것! 하고 지붕이 무너질 것 같은 큰 갈채, 그것도 순식간에 흔적 없이 사라져버릴 갈채, 그걸 바라고 바라며, 만 엔, 2만 엔, 더 많이 투자했다. 옛날 옛날, 그리스의 시인들, 또 보들레르, 베를렌, 저 교활한 노인 괴테 각하도, 아아, 어찌 잊을 수 있을까, 아쿠타가와 류노스케 선생은 목숨까지도.

하지만 어차피 한가함의 문자, 쓸모없는 것임을 보증하고, 포식난의(飽食暖衣) 끝에 핀 꽃, 이 꽃잎은 익혀도 먹지 못하고, 날지 않는 비행기, 달리지 않는 명마, 갈기는 반짝반짝, 통통하게 살이 오르고, 늘 꾀잠을 자며, 곁에는 참고서 한 권 없고, 사전은 그림자조차 없는 듯, 자랑거리라곤, 펜 한 자루뿐, 거기에 화려한 특제 원고용지, 이제 슬슬 약속한 석 장, 석 장, 아무 의미도 없는, 꽤나 멋진 문장인데도, 모르는 놈은 죽을 때까지 모른다. 어쩔 수 없는 것.

(1936년)

좋아하는 친구

사토 하루오

내 친구가 누구누구냐, 그런 질문입니까? 당신의 질문이 내 마음을 무겁게 하는군요. 내게는 친구라는 게 없기 때문입니다. 그건 내가 고독하고, 사람들과 잘 어울리지 못하는 성격이어서 그렇겠지요. 아무래도 그런 것 같습니다.

생각해보면, 내게는 소년 시절부터 친구라고 부를 만한 사람이 없었던 것 같습니다. 내가 열두 살 때, 오늘 이것과 똑같은 질문을 소학교 선생에게 받은 적이 있습니다. 그때도 나는 오늘처럼 기분이 좋지 않았습니다.

그때 선생은 우리들의 학교 밖 생활을 알기 위해서라며, 각자 친구 대여섯 명의 이름을 써내라고 말했습니다.

비 오는 날 체육 시간이었는데, 따로 체조장 같은 게 있을 리 없는 시골 소학교에서는 비가 오면 가끔 그런 시간을 가질 때가 있었습니다. 선생이 종이를 나누어주면, 아이들은 거기에 답을 씁니다. 옆 사람이 못 보도록 팔꿈치를 구부려 가리기도 하면서 저마다 조그만 머리와 마음을 움직이면서 글을 씁니다. 꽤 자유로운 시간이어서 나는 그 시간이 언제나 즐거웠습니다. 가장 좋아하는 역사적 인물이 누구인지 말하기, 혹은 누구든 교단에 나가서 재미있는 이야기 들려주기, 말하자면 비 오는 날의 체육 시간은 오락 시간이었습니다. 그런데 그날은 왠지 시험을 치르는 것처럼 긴장감을 느꼈습니다. 나는 시험이라면 금방 답을 써낼 수 있지만, 그날의 그 질문은 정말 고민스러웠습니다. 답을 쓰려고 해도 내게는 친구라 할 만한 사람이 한 명도 없었기 때문입니다.

그렇지만 친구가 한 명도 없다고 해서 내가 아이들에게 무시당했다는 말은 아닙니다. 오히려 남들은 날 어려워했습니다. 나는 어른스러운 아이였고, 공부도 못 하지 않았습니다. 아버지는 의사로 순박한 시골 마을 사람들의 존경을 받았고, 그런 이유로 아이들도 나를 이상하게 어려워하는 느낌이었습니다. 더군다나 나는 언제나 혼자서 노는 말 없는 아이여서, 필요한 말을 할 때가 아니면 아무도 내게 편하게 말을 걸어주지 않았습니다. 나는 평소에 그걸 그다지 큰 불행이라고 생각하지는 않았습니다. 하지만 그날 그렇게 네 친구는 누구누구냐는 질문에, 곧바로 대답할 수 있는 이름이 없다는 게 쓸쓸하다는 생각이 들었습니다. 그뿐 아니라 나는 선생에게 친구가 한 사람도 없다고 단호히 써낼 수가 없었습니다. 왜 그런지는 모르겠습니다. 이런저런 생각 끝에, 나는 교실에서 내 자리 주변에 있는 아이들 네다섯 명의 이름을 차례대로 써 내려갔습니다. 왜냐하면 그 아이들은 그 자리에 앉았다는 이유로 자연스럽게 나와 말을 나누는 기회가 가장 많았기 때문입니다.

그 시간이 끝나고 쉬는 시간이 되자, 아이들은 방금 선생이 내준 질문이 자못 중대한 사건이라도 되는 양 서로 이야기하기 시작했습니다. 다들 서로가 서로에게, 난 네 이름 썼어, 라는 식으로 말했습니다. 하지만 내게 그런 말을 해주는 사람은 아무도 없었습니다. 그때, 한 아이가 여느 때처럼 말없이 있는 나에게 다가와서 말을 걸었습니다.

"니는 누구 적었노?"

그 아이는 쾌활한 말투로 말했습니다. 반에서 내 자리 바로 뒤에 앉은 아이였습니다. 싹싹한 성격으로 까탈스러

소리가 잿빛 수증기를 흔들면, 전부 안개비가 되어 내릴 것만 같다. 따분한 하늘 아래, 고가 철도를 기차가 지나간다. 군복 제조장을 오가는 짐마차가 지나간다. 상점 문이 하나씩 열린다. 내가 있는 정류장에도 벌써 두세 명이 서 있다. 다들 잠이 부족한 듯한 얼굴을 우울하게 가다듬고 있다. 춥다. —— 그때 할인 전차가 왔다.

북적이는 전차 안에서 겨우 손잡이를 잡았는데 누군가 뒤에서 내 어깨를 툭툭 쳤다. 나는 깜짝 놀라 돌아보았다.

"안녕."

노세 이소였다. 그도 나처럼 감색 모직 교복 차림에, 외투는 둘둘 말아 왼쪽 어깨에 걸치고, 다리에는 삼베 각반을 차고, 허리에는 도시락이며 물통 따위를 메고 있었다.

노세는 나와 같은 소학교를 졸업하고 같은 중학교에 들어간 남자아이이다. 이렇다 할 만큼 뛰어나게 잘하는 과목도 없지만, 그렇다고 딱히 못 하는 것도 없었다. 그러면서도 별것 아닌 것에는 재주가 많아, 유행가 같은 건 한번 들으면 금방 가사를 외운다. 수학여행을 가서 밤에 여관에 머물 때는 우쭐대며 자신의 재주를 아이들 앞에서 보여 준다. 시를 읊고, 사쓰마 비파를 연주하고, 만담이나 역사 이야기, 거기에다 성대모사나 마술까지 뭐든지 다 할 수 있었다. 게다가 몸짓이나 얼굴로 사람을 웃기는 데에 유난히 뛰어났다. 그래서 반 아이들도 호감을 가졌고 선생님들 사이에서도 평판이 나쁘지 않았다. 하지만 나와는 알고 지내기는 해도 친하다고 할 만한 사이는 아니었다.

"빨리 왔네, 너도."

"난 항상 일찍 오잖아."

노세는 잘난 척하며 말했다.

"그래도 얼마 전엔 지각했잖아."

"얼마 전?"

"국어 시간에."

"아아, 바바한테 야단맞았을 때? 그거야 원숭이도 나무에서 떨어질 때가 있는 거지."

노세는 선생님을 말할 때 이름을 함부로 부르는 버릇이 있었다.

"그 선생님한텐 나도 야단맞았어."

"지각해서?"

"아니. 책을 안 가져와서."

"은단은 어지간히 난리라니까."

'은단'은 노세가 바바 선생님에게 붙인 별명이다. ——이런 이야기를 주고받다 보니 어느새 정류장 앞에 도착했다.

탔을 때와 마찬가지로 북적이는 전차를 내려 정류장으

로 가니, 아직 이른 시간이었는지 반 아이들은 두세 명밖에 없었다. “안녕” 하고 서로 인사를 주고받고는 앞다투어 대합실 안 나무 벤치에 가서 앉았다. 그리고 늘 그렇듯 신나게 떠들어대기 시작했다. 다들 어른이라도 된 듯한 말투로 말하면서 우쭐거리는 나이였다. 그렇게 어른 말투로 이야기하는 아이들 입에서는, 이번 여행은 어떻겠다는 둥, 얘는 이렇고 재는 저렇고 하며 친구들을 평가하고 선생님을 헐뜯는 둥 온갖 말들이 쏟아져 나왔다.

“이즈미는 얍삽한 녀석이야. 걔는 교사용 참고서가 있어서 한 번도 미리 책을 읽고 온 적이 없대.”

“히라노는 더 약아빠졌어. 그 녀석은 시험 때가 되면 역사 연표를 전부 손톱에 써온다잖아.”

“그러고 보면 선생들도 다 약았다니까.”

“정말이야. 혼마 그 선생은 ‘receive’에서 ‘i’랑 ‘e’ 중에 뭐가 먼저인지도 모르는 주제에 교사용 참고서만 가지고 대충대충 얼버무리면서 가르치잖아.”

약았다는 말만 끝도 없이 늘어놓을 뿐, 무엇 하나 제대로 된 소문은 없다. 그때, 노세가 자기 옆 벤치에 앉아서 신문을 읽고 있는, 기술자처럼 보이는 남자의 구두를 보고는 ‘뺑킨리’라고 했다. 그 당시 ‘맥킨리’라고 불리던 신식 구두가 유행했는데, 그 남자의 구두는 광택도 전혀 안 나는 데다 구두코 부분에 구멍이 뻥 뚫려 있었던 것이다.

"뻥킨리 좋은데."

그 말에 다들 웃음을 터뜨렸다.

그때부터 우리는 덩달아 대합실을 드나드는 사람들을 유심히 바라보기 시작했다. 그리고 그들 하나하나를 가리키며 도쿄의 중학생이 아니면 입에 담지 못할 건방진 험담을 해댔다. 이런 일에서 남에게 뒤질 만큼 얌전한 학생은 우리 중에 아무도 없었다. 그중에서도 노세의 표현이 가장 신랄하면서도 익살스러웠다.

"노세, 노세. 저기 저 아줌마 좀 봐."

"저 아줌마 얼굴, 알이 꽉 찬 복어 같네."

"저기 빨간 모자도 누구 닮지 않았어? 안 그래, 노세?"

"저 녀석은 카를 5세야."

그러다 급기야는 노세 혼자서 험담하는 역할을 맡게 되었다.

그런데 그때 우리 중 누군가가, 기차 시간표 앞에 서서 깨알 같은 숫자를 들여다보고 있는 어떤 묘한 남자를 발견했다. 그는 짙은 갈색 양복을 입고, 체조용 쇠막대기처럼 가느다란 다리에 굵은 회색 줄무늬 바지를 입고 있었다. 챙이 넓은 구식 검은 중절모 밑으로 반백의 머리카락이 삐져나온 걸 보니, 꽤 나이가 든 모양이다. 그런데도 목낱 폐인에 지나지 않는다는 것이 기분 나쁜 확신으로 내 마음을 무덤 구멍 밑바닥으로 끌고 간다. 게다가 어떨 때는 그런 일이 거의 날마다 일어난다. 이 고통에서 벗어나려면 도저히 술을 마시지 않을 수가 없다. 그런데 술을 마시면 더더욱 비통하고 절망에 빠져버린다. 나는 최근에 어떤 여성 시인의 시 모임에서 모욕을 당한 어느 부인 때문에 화가 나고 슬퍼서 눈물이 줄줄 흘렀다. 누구든 사람을 모욕하는 건 나 자신을 모욕하는 것이니까.

그런데 병이 나자 그런 초조함이 싹 사라지고, 예전에는 몰랐던 조용하고 차분한 기분이 든다. 왜 그럴까? 병은 모든 걸 버리게 하기 때문이다. 나는 올 2월부터 두 달쯤 병으로 자리에 누워 지냈다. 아무래도 처음 얼마간은 이런저런 망상으로 괴로워했다. 하지만 나중에는 병상 생활에 완전히 익숙해져 아무것도 생각하지 않게 되었다. 몸이 아플 때 사람은 오로지 육체만을 생각한다. 조금이라도 빨리 건강을 되찾아서 좋아하는 음식을 먹고 마음껏 산책할 수 있으면 좋겠다고 생각한다. 병이 났을 때만큼 사람의 욕심이 적어지는 때는 없다. 내게 물과 펜과 신선한 공기를 다오, 그것으로 행복은 충분하다, 에피쿠로스는 이렇게 말했다. 병은 그렇게 욕심을 줄여주고 인간을 에피쿠로스적인 쾌락주의자로 변하게 한다. 사치에 대한 욕망도 없다. 보통의 건강과 자유만 있으면 길에서 햇볕을 쬐는 거지마저도 부러운 것이다.

무엇보다 좋은 건, 병이 모든 걸 포기하게 한다는 것이다. 병이 나면 모든 졸렌*이 사라져버린다. "넌 병에 걸렸어. 육체가 비상 상태가 된 거야. 무엇보다 치료가 먼저야. 다른 건 생각할 필요도 없고, 생각해야 할 필요도 없어" 하고 특별사면 같은 휴가가 주어진다. 그런 생각이 모든 의무감이나 초조감으로부터 공적으로 나를 해방시켜준다. 병이 나면 사람은 일을 쉬어도 된다. 온종일 아무것도 하지 않고 빈둥빈둥 뻔뻔하게 누워 있어도 양심의 가책을 느끼지 않고 오히려 당연히 여긴다. 무능한 것도, 폐인인 것도, 몸이 아플 때는 당연한 것이고 아무런 비애나 수치도 아니다.

건강할 때 나는 끝도 없이 지루해한다. 해야 할 일이 눈앞에 닥쳤는데도, 일이 손에 잡히지 않고 지루해한다. 지루함은 사람들이 생각하는 것처럼 느긋한 것이 아니다. 그와는 정반대로, 끊임없이 화나고 초조하고 자포자기하는 우울한 기분이다. 그래서 사람들의 말처럼 프랑스혁명은 지루함에서 일어난 것이니, 이것이 사회의 안녕에 가

---

* Sollen. 도덕적 의무나 당위를 뜻하는 독일어.

당연히 글을 쓸 수도 없었다. 할 수 없이 집 뒤편의 이층에 방을 하나 빌려 친구와 함께 살기도 했다.

사는 곳이 안정되지 않으니까 나는 점점 더 초조해졌다.

"차라리 서재를 만드는 건 어떻습니까?"

내 처지를 아는 사람들은 다들 그렇게 말하며 조언했다. 하지만 수입도 전혀 없이 부모의 은혜로 입고 먹고 하는 내가 그런 자유로운 사치를 꿈꿀 수는 없다. 게다가 나는 고향에 안주하려는 의지가 없었다. 고향에서 나는 도저히 주변과 어울릴 수가 없는 별종이었다. 이해할 수 없는 비방과 모욕 속에서 나는 온갖 것을 참고 견뎠다.

나를 욕하는 자는 욕하라
이대로
설마 고향에서 썩어 없어질 나는 아닐 테니까.

북풍이 차가운 날에도 나는 이를 악물고, 마음속으로 울며 무카이 마을이나 사이가와 마을 변두리를 헤매고 있었다. 해가 지붕 너머로 저물고, 도네가와 강이 찰랑찰랑 울고 있다.

아아, 태어난 고향 땅을 밟고 가라.

그리고 결국 도쿄에 왔다. 도쿄는 나의 연인, 푸른 고양이가 지붕을 기어가는 도시다. 그러나 이 도시가 내게 어떤 안정을 줄 수 있을까. 날마다 긴자 거리를 걷고 있어도 마음의 생활은 시골 시절과 변함이 없다. 불안과 초조와 불길한 권태는 하루도 내 주변을 떠나지 않는다. 지금은 어쨌든 서재가 있다. 글을 쓰는 책상도 갖고 있다. 하지만 기나긴 과거의 습관이 나에게 보헤미안의 기질을 남기고 말았다. 지금은 주변에 나를 지지해주는 사람도 있다. 나를 북돋아주는 친구도 있지만 그게 뭐란 말인가. 여전히 똑같다. 내게는 아무런 행복도 없고 어떤 평화도 있을 리가 없다. 도시에 온 뒤로는 그저 성격이 격해졌다. 시골에서 억눌려 있던 마음속 불만이 분화구를 찾아낸 화산처럼 한꺼번에 분노를 폭발했다. 이유 없이 화를 내기도 하고 술에 취하면 꼭 남을 매도한다. 성격이 사나워지고 나빠졌다. 지금 생활에서 변한 것이라고는 정말로 그것뿐이다.

어떤 진눈깨비 흩날리는 날도

나는 도쿄를 사랑한다고 생각했는데
참새 지저귀는 가로수 그림자에 기대어
나 같은 걸인은 무슨 꿈을 꾸는 걸까.

인생은 어디에 있든 똑같다. 육체의 굶주림을 채울 수는 있어도 마음의 기아를 채울 수 있는 세계는 어디에도 없다. 어차피 나 같은 인간은 쓸쓸한 거리의 걸인일 뿐이다. 쓰레기더미 속의 대파라도 줍자.

하지만 도시에 온 뒤로는 고통이 줄어들었다. 왜냐하면 친구들, 술집, 자동차, 장난감, 사치스러운 물품, 그 밖의 감각적인 것들이 있어 그것이 기분을 달래주기 때문이다. 그리고 울적한 인생이 감각적 자극의 흥미에 잇달아 마음을 빼앗긴다. 하지만 그저 감각적인 것이다. 정신이 채워지는 듯한 진정한 쾌락이란 전혀 없다. 그것은 시골에도 없었던 것처럼 도시에도 없다.

세상이 만약 언제까지나 이런 식이라면, 세상은 파괴되는 편이 좋을 것이다. 나는 시골에 있어도 고독하고, 도시에 와서도 여전히 고독하다. 내가 사회주의에 반대하는 것은 나는 늘 혼자이고, 혼자이지 않은 나는 없다는 걸 알고 있기 때문이다. 지금 도시에 와서 나는 질리지 않고 신기해하는 동안 어디선가 '신비로운 쾌락'을 찾고 있다. 그리고 무엇보다도 '평화로운 생활'을 고대한다. 하지만 그건 꿈이라고 비웃지 마라. 왜냐하면 나의 현재는 적어도 그 공상 때문에 행복하다. 적어도 지금은 이 도시에 질리지 않았으니까.

(1925년)

태양의 말

시마자키 도손

"안녕."

나는 숨어 있는 태양에게 말을 걸어보았다. 대답이 없다. 오늘도 태양은 틀어박혀만 있다.

내 기억 속에 있는 것을 조금만 여기에 써보겠다. 처음으로 태양의 아름다움이 내 눈에 비쳤던 것은 해가 뜰 때가 아니라, 오히려 해가 질 때였다. 나는 아직 열여덟 살 소년이었다. 그 무렵 내 주변에는 지극히 막연한 자연의 사랑을 가르쳐주는 사람은 있어도, 저 태양을 보라고 손가락으로 가리키며 한마디 말해주는 사람은 없었다. 나는 저물어가는 저녁 해를 다카나와고텐 산 위의 나무들 사이에서 발견하고는, 그 놀라움과 기쁨을 나누기 위해 함께 산에 놀러 간 친구들에게 달려갔을 정도다. 나는 친구 두 명과 아름다운 일몰을 바라보며 잠시 그곳에 멈춰서 있었는데, 그때 내 가슴에 벅차올랐던 놀라움과 기쁨은 지금도 잊을 수가 없다.

하지만 그보다 더 잊을 수 없는 것은 처음으로 나의 내부에서 태양이 떠오른 것을 느꼈던 때다. 청년 시절의 내 삶은 고난의 연속으로, 태양이 웃는 얼굴을 거의 보지 못한 채 수많은 어두운 날들을 보냈다. 어쩌다 내 눈에 비치는 것이라고는, 어떤 따스함도 어떤 생기도 없이 그저 아침이면 동쪽 하늘에서 떠올라 저녁이면 서쪽 하늘로 가라앉는 진홍빛의 쓸쓸한 해였다. 내가 스물다섯의 청년이었을 때다. 센다이를 쓸쓸히 여행하고 있었는데, 그때 처음으로 나 자신의 내부에도 태양이 떠오를 때가 있다는 것을 알았다.

햇빛의 굶주림 —— 나의 이 요구가 꽤나 강했던지, 동이 틀듯 트지 않는 어슴푸레한 어둠이 내내 이어지던 때는 나도 너무나 힘이 빠져 있었다. 나는 몇 번인가 태양을 잃어버린 적도 있다. 때로는 태양을 원하는 마음조차 흐려진 적도 있다. 태양이 내게서 멀어져가며, 그저 무의미한, 슬프고 고통스러운 얼굴만이 내 눈에 비친 적도 있다.

하지만 한번 나의 내부에도 태양이 떠오를 때가 있다는

것을 알게 된 나는 몇 번이고 해가 뜨기를 기다리는 마음으로 되돌아갔다. 해마다 다섯 달의 긴 겨울이 이어지는 시나노의 산속에서도, 매립이 시작되던 무렵 도쿄 변두리의 밭에서도, 해돋이가 잘 보이는 스미다가와 강기슭에서도, 나는 내내 해가 뜨기를 기다렸다. 그뿐이 아니다. 오랜 세월 나도 이국땅에서 나그네로 살던 적이 있어, 자줏빛의 흙탕물로 착각한 먼 바다 위에서도, 얼핏 보면 꿈같은 푸른 도깨비불이 흘러가는 듯한 열대지방의 파도 사이에서도, 또한 석조 건축물은 차갑고 가로수는 검고 만물이 온통 얼어붙은 듯한 추운 이국땅의 마을 한복판에서도, 나는 내내 해가 뜨기를 기다렸다. 그리고 먼 해돋이를 꿈꾸면서 고국을 바라보며 집으로 돌아간 적도 있었다.

나는 30년도 넘게 기다렸다. 어쩌면 나는 이렇게, 평생 해가 뜨기를 기다리며 살아갈지도 모른다. 하지만 누구나 태양이 될 수 있다. 우리가 당장 해야 할 일은 그저 눈앞의 태양을 쫓는 것이 아니라, 자신의 내부에 높이 태양을 떠올리는 것이다. 이 생각은 해가 갈수록 깊이, 내 작은 가슴 속에 뿌리를 내렸다.

지금의 내가 상상하는 태양은 이제 꽤 나이가 들었다. 철이 든 이후로 지금까지 내가 기억하는 것만으로도 태양의 나이는 올해 쉰셋이나 된다. 내가 알지 못하는 그 전의 나이까지 더한다면 저 태양이 얼마나 나이 든 노인인지 아예 짐작도 가지 않는다.

사람이 쉰셋쯤 나이를 먹으면 쇠하지 않는 것이 거의 없다. 머리칼은 해마다 흰빛을 더하고, 이도 빠지고, 시력도 떨어지고, 일찍이 붉었던 뺨에도 오래된 암벽의 표면처럼 주름이 새겨진다. 거기에는 찰싹 붙은 이끼 같은 반점마저 머문다. 친했던 많은 이들이 차례차례 죽어가고, 생각지도 못한 병과 만년의 고독이 사람을 기다리고 있다. 이런 우리의 나약함에 비하면, 태양은 감히 상상조차 할 수 없다. 저 끊임없는 비상(飛翔)과 용솟음. 매일 밤의 몰락이 곧 또다시 아침의 진홍빛 반짝임으로 나아가는 저 생기. 진정한 노년의 풍부함은 태양 말고는 없다. 그런데도 이 세상에서 가장 나이 든 것이 가장 젊다는 것이 나는 참으로 놀랍다.

"안녕."

나는 또 말을 걸어보았지만, 대답이 없었다. 그러나 나는 지금의 나이가 되어서도, 나의 내부에서 또다시 되살아나는 태양이 있는 것을 느끼기에, 어쩌면 해가 뜨는 것도 머지않은 듯한 기분이 든다.

(1924년)

시마자키 도손(島崎藤村) 1872~1943

소설가, 시인. 일본 자연주의 문학을 대표하는 작가다. 교사로 일하면서 시를 발표하다가 1897년 첫 시집 《새싹집》으로 등단하면서 메이지 시대 낭만주의 선두 작가로 평가받았다. 그 후 시 창작을 그만두고 7년 동안 집필한 소설 《파계》를 자비 출판해 나쓰메 소세키의 격찬을 받으며 자연주의 문학의 기수로 주목받았다. 그 밖의 대표작으로 자연주의 문학의 정점을 이룬 《집》, 《신생》, 자신의 아버지를 모델로 한 역사 소설 《동트기 전》 등이 있다.

세 명의 방문객

시마자키 도손

'겨울'이 찾아왔다.

내가 기다리고 있던 것은 솔직히 말하면, 그보다 더 윤기가 없고, 단조롭고 졸린 듯하며, 을씨년스럽게 떠는, 추하게 주름진 노파였다. 나는 나를 찾아온 그 얼굴을 찬찬히 바라보며, 그 모습이 선입견이 된 내 사고방식과 내가 예상했던 것과는 정반대여서 놀랐다. 나는 물어보았다.

"자네가 '겨울'인가?"

"그러면 자네는 대체 날 누구라고 생각하는 건가? 자네는 그렇게 나를 잘못 생각하고 있었나?"

하고 '겨울'이 답했다.

'겨울'은 나에게 이런저런 나무들을 가리키며 보여주었

다. 저기 철쭉을 좀 보게, 해서 보니까, 서리 맞은 잎은 한참 전에 떨어졌지만, 갈색을 띤 가느다란 어린 가지 하나 하나에는 이미 새싹이 보인다. 싱그럽고 윤기 나는 어린 가지에도, 힘차게 돋아난 새싹에도 겨울의 불꽃이 흘러나오고 있었다. 철쭉만이 아니다. 매화의 어린 가지는 짙은 녹색으로 뻗어 벌써 한 치나 자란 것도 있다. 자그맣게 웅크리고 있는 건 진달래이지만, 그래도 와들와들 떨고 있는 모습은 전혀 보이지 않는다. 저기 동백나무도 좀 보게나, 하고 '겨울'이 내게 말했다. 햇빛을 받아 빛나는 겨울의 녹엽에는 말로 표현할 수 없는 반짝임이 있고, 무리 지은 잎과 잎 사이로 커다란 꽃봉오리가 얼굴을 내밀고 있었다. 무언가가 깊은 미소를 짓듯이 피어나는 저 동백꽃 중에는 서리가 내리기도 전에 벌써 꽃이 피었다가 지는 것도 있었다.

'겨울'은 내게 팔손이나무를 가리켰다. 거기에는 흰색에 가까운 연둣빛 색채의 신선함이 있고, 씩씩한 꽃 모양은 주변의 단조로움을 깨뜨렸다.

3년 동안 나는 먼 이국땅의 객사에서 어두운 겨울을 보냈다. 차가운 비가 내려 장지문 밖이 어두운 날이면 파리의 겨울이 종종 떠오른다. 그곳은 일 년 중 해가 가장 짧다는 동지 무렵이 되면, 아침 9시쯤에야 겨우 날이 밝아오고 오후 3시 반이면 벌써 해가 졌다. 보들레르의 시에 나오는, 붉게 이글거리면서도 꽁꽁 얼어붙은 태양은 굳이 북극의 땅끝을 상상하지 않더라도 파리의 거리를 걷다 보면 자주 볼 수 있었다. 겨울이 찾아와도 마로니에의 바싹 마른 가로수 사이에서 마르지 않는 풀들의 모습만큼은 특별한 겨울 풍경이었지만, 그래도 샤반*이 그린《겨울》의, 깊은 정적의 잿빛 색조야말로 그곳 자연에 어울리는 색이었다.

오랜만에 도쿄 변두리에서 겨울 칩거를 했다. 지난 3년 동안 겨울 햇빛이 방 안 가득 반짝이는 일은 없었다. 이 계절에 푸르게 펼쳐진 하늘을 바라기는 어렵다. 하지만 내 곁에 다가와 속삭인 건 분명 이곳 무사시노의 '겨울'이었다.

'겨울'은 그 후로도 해마다 찾아왔지만, 이곳에 칩거한 뒤로는 이 방문자가 새롭게 보이기 시작했다. 예전의 '겨울'을 떠올려본다. 오래전 시나노**에서 만났던 '겨울'이 내게는 가장 친숙하다. 매년 다섯 달이라는 긴 시간을 나는 '겨울'과 함께 살았다. 하지만 산속에서는 모든 것이 가라앉고 숨어버려서 나는 '겨울'의 웃는 얼굴을 본 적이 없

* 피에르 퓌뷔 드 샤반. 19세기 프랑스의 벽화가.
** 지금의 나가노 현의 옛 이름.

는 것을 알아차린다. 먼저 찾아온 세 명의 방문객이 선입견이 된 내 사고방식이 잘못되었다고 알려주었듯이, 어쩌면 '죽음' 또한 내가 생각지도 못한 것을 가르쳐줄지도 모른다. ……

(1919년)

한구석의 행복

다네다 산토카

큰대자로
자니 선선하구나
쓸쓸하구나

잇사의 하이쿠다. 언제쯤 지었는지는 수중에 참고서가 한 권도 없어서 알 수 없지만, 아마도 방랑 시절의 시일 것 같다. 어쨌든 그렇다고 생각하고 써나가겠다.

잇사는 불행한 인간이었다. 어려서 어머니를 잃고 의붓어머니에게 학대당하고, 이리저리 떠돌아다닐 수밖에 없었다. 그는 행인지 불행인지 하이쿠 시인이었다. 어쩌면 하이쿠를 짓는 것 말고는 달리 능력이 없었을 것이다. 그는 하이쿠를 지었다. 슬픔도 기쁨도 울분도, 모든 것을 하이쿠로 표현했다. 그의 시에서 사람 냄새가 물씬 풍기는 것은 그 때문이다. 번뇌는 끝이 없고, 번뇌 그 자체가 그의 시가 된 것이다.

하지만 이 시에는 잇사 특유의 반감과 빈정거림이 없고, 한가롭고 그윽한 것이 있다.

큰대자로 자니 선선하구나 —— 이것은 그야말로 잇사의 시답다. 여느 때의 잇사가 보이지만, 뒤이어, 쓸쓸하구나 —— 라고 읊은 데서는 비뚤어지지 않고 정직한, 구김살 없는 잇사의 눈물이 스며 있는 게 아닐까.

그가 마음 내키는 대로 드러누운 곳은 어디였을까. 얹혀살던 집의 별실이었을까, 방랑 중의 싸구려 여관이었을까, 아니면 길가의 나무 그늘이었을까. 그는 그곳에서 절절히 인간의 행복과 불행, 행운과 불운을 생각했으리라. 끊으려 해도 끊을 수 없는, 자르려 해도 자를 수 없는 집착의 굴레를 생각하고, 고독 지옥의 고뇌를 통감했으리라.

어차피 사람은 사람 안에 있다. 고립은 허용되지 않는다. 원망하고 헐뜯어도 사람과 사람은 떨어지기 어렵다. 사람은 사람을 그리워한다. 사랑하든 사랑하지 않든, 집을 갖지 않고는 있을 수 없다. 함부로 방랑이니 고독이니 말하지 마라.

잇사의 작품은 아무렇게나 대충 지은 것처럼 보이지만, 그 밑바닥에 잠겨 있는 고뇌는 어쩌면 작가가 아니면 음미할 수 없을 것이다. (물론 바쇼만큼 고심하여 지은 것은 아니지만.)

말할 것도 없이, 잇사에게는 바쇼 같은 깊이는 없다. 부손 같은 아름다움도 없다. 하지만 그에게는 잇사의 예리함이 있고, 잇사다운 느긋함의 맛이 있다.

나는 잇사의 하이쿠를 읽으면 조금 우울해지지만, 또한 동시에, 소위 한구석의 행복을 느끼기에, 보잘것없는 하이쿠 한 편을 덧붙이고 싶어졌다.

혼자 살면 푸릇푸릇한 풀

(1941년)

기회가 종종 생기고, 또 그런 일을 생각하기에 적당한 여유도 있기 때문에 죽음을 주의 깊게 반복하며 연구하고 있다.

죽음을 느끼는 방법에는 두 가지가 있다. 하나는 주관적인 느낌이고, 또 하나는 객관적인 느낌이다. 말로는 잘 이해하기 어렵겠지만, 죽음을 주관적으로 느낀다는 말은 자신이 지금 당장에라도 죽을 것 같은 기분이 드는 건데, 아주 무서운 느낌이다. 심장이 뛰고 정신이 불안하고 몹시 괴롭다. 이건 병자가 자신의 병이 악화될 때마다 일어나는데, 이보다 기분 나쁜 게 없다. 또 객관적으로 자신의 죽음을 느낀다는 말은 이상하게 들리겠지만, 자신의 형체는 죽더라도 자신의 사고는 살아남아, 그것이 자기 형체의 죽음을 객관적으로 본다는 것이다. 주관적인 느낌은 보통 사람에게 자주 일어나는 감정이지만, 객관적인 느낌은 그 느낌조차 이해할 수 없는 사람이 많을 것이다. 주관적인 느낌은 두렵고 괴롭고 슬프고, 단 한 순간도 못 견딜 것 같은 끔찍한 느낌이지만, 객관적인 느낌은 그보다는 훨씬 더 냉정하게 자신의 죽음을 바라보기 때문에, 조금은 슬프고 덧없는 느낌도 들지만, 어떨 때는 오히려 우스꽝스러워 혼자 웃음 지을 때도 있다. 주관적인 느낌은 병이 심해지거나 갑자기 고통을 느낄 때, 객관적인 느낌은 오랜 지병을 앓는 사람이 조금 기분이 나빠졌을 때 일어난다.

작년 여름 언젠가, 나는 나 자신의 죽음을 객관적으로 관찰한 적이 있다. 내가 죽으면 우선 나를 관에 넣어야 한다. 사자를 관 속에 넣는 건 어릴 때부터 종종 봐왔지만 너무 답답해 보여 싫다. 답답하다는 건 사자를 좁은 관에 넣는 것으로 끝나지 않고 시신이 움직이지 않도록 뭔가를 채워 넣는데 그게 싫은 거다. 내 고향에서는 관을 채울 때 톱밥을 쓴다. 종이봉지를 두 종류(세로로 접은 것과 가로로 접은 것) 준비해 속에는 톱밥을 채우고, 겉에는 '나무아미타불' 같은 문구를 쓴다. 봉지는 채울 곳에 따라, 넙적한 모양과 기다란 모양이 각각 필요하다. 그래서 얼굴 놓이는 자리만큼은 틈을 마련한다고 해도, 어쨌든 고개도 못 움직일 정도로 채워버린다. 다시 말해, 시신은 땅에 묻히기도 전에 벌써 톱밥 주머니들 사이에 묻히는 것이다. 14, 5년 전의 일인데 사루가쿠초에서 하숙하던 시절, 같이 하숙하던 친구가 갑자기 병으로 죽어버렸다. 도쿄에는 그 친구의 친척이라고 할 만한 사람이 없어 친구들끼리 모여 장례를 치른 적이 있다. 그때도 관 속을 채울 때 뭘 쓰는지 물었는데, 도쿄에서는 보통 붓순나무 잎 따위를 쓴다고 했다. 그래서 그걸 사와 앞에서 말한 대로 종이봉지를 만들어 관을 채웠는데, 채우다 보니 좀 부족했다. 그래서 붓순나무 잎을 더 사왔지만, 봉지 만들기도 번거로워 잎 채로 구석구석 틈을 메웠다. 관은 긴 모양이었는데, 사자의 뺨에 붓순나무 잎이 붙어 있는 모습이 무척이나 안쓰러웠다. 예전부터 이런 생각을 해오던 터라, 나를 관 속에 넣을 때는 제발 답답하지 않게 관을 채워주면 좋겠다는 생각에 신경이 쓰여 견딜 수가 없다. 서양에서는 꽃으로 채우기도 한다는데, 이는 우리의 이상향에 맞는 방법인 데다 느낌도 무척 좋겠지만, 그래도 꽃은 몸에 닿는 감촉이 부드러울 뿐, 채우는 용도에는 맞지 않는 것 같다. 게다가 시신이 관 속에서 움직이지 못하도록 관 폭을 매우 좁게 만들어 꽃을 채운다면, 일본의 톱밥과 달리 아주 조금만 흩뿌리는 정도일지도 모른다. 그렇다면 그 관은 정말 답답할 테고, 그런 답답한 곳 역시 싫다.

스코틀랜드 노래 중에《Sweet William's Ghost》라는 것이 있다. 어느 죽은 남자의 유령이 아내를 찾아가 자신이 먼 곳에서 죽었다고 알려주는 노래인데, 둘이서 주고받는 말 중에 이런 구절이 있다.

Is there any room at your head, Willie?
Or any room at your feet?

Or any room at your side, Willie,
Wherein that I may creep?

There's nae room at my head, Margret,
There's nae room at my feet,
There's nae room at my side, Margret,
My coffin is made so meet.

당신 곁으로 가고 싶으니, 당신 머리맡이든, 발밑이든, 옆이든, 내가 기어들어갈 만한 틈이 있냐고 여자가 묻지만, 내 머리맡에도, 발밑에도, 옆에도, 그 어디에도 틈이 없다고, 내 관은 그만큼 딱 맞게 만들어져 있다고, 그렇게 남편의 유령은 말한다. 정사한 두 연인이라 하더라도 시신 두 구를 관 하나에 넣지는 않을 테니까 그런 건 아무래도 상관없겠지만, 아무튼 이 노래는 남녀의 사랑이 너무나 잘 표현되어 있을 뿐 아니라, 관 속의 답답함 또한 잘 드러나 있다. 이렇게 노래로 보니, 관 속의 답답함이 오히려 정취로 느껴지기도 하지만, 그래도 지금 내 몸이 관 속에 들어 있다고 생각하면 답답하지 않게 해주었으면 좋겠다. 무엇보다 폐병 환자가 돼보면, 가슴이 짓눌리는 것이 남들보다 곱절은 더 괴롭고 답답하게 느껴진다.